Beltz & Gelberg Taschenbuch 573

Frances O'Roark Dowell studierte Poetry an der University of Massachusetts und arbeitete danach u.a. als Rechtsassistentin und Englischlehrerin. Sie ist Mitherausgeberin einer Mädchenzeitschrift und schreibt nebenher Gedichte sowie Kinder- und Jugendbücher. Gemeinsam mit ihrem Mann und Sohn lebt sie in Carrboro, North Carolina.

Frances O'Roark Dowell

Dunkler Sommer über Indian Creek

Roman

Aus dem Amerikanischen von
Ulli und Herbert Günther

BELTZ
& Gelberg

Für Clifton und Jack

www.beltz.de
Beltz & Gelberg Taschenbuch 573

Die amerikanische Originalausgabe erschien u.d.T. *Dovey Coe*
bei Atheneum Books for Young Readers, New York

This edition by arrangement with Atheneum Books for Young Readers,
Simon & Schuster's Children's Publishing Division
Aus dem Amerikanischen von Ulli und Herbert Günther
Neue Rechtschreibung
Einbandgestaltung: Max Bartholl
Einbandbild: Peter Knorr
Gesamtherstellung: Druckhaus Beltz, Hemsbach
Printed in Germany
ISBN 3 407 78573 9
1 2 3 4 5 07 06 05 04 03

1

Ich heiße Dovey Coe, und ob ihr mich leiden könnt oder nicht, ist nicht so wichtig. Aber eins will ich hier klipp und klar sagen: Die Leute, die behaupten, ich hätte was Schreckliches getan, sind Lügner.

Und ich werde das auch beweisen. Ich habe Parnell Caraway gehasst wie sonst was, aber umgebracht habe ich ihn nicht.

Ich kenne eine Menge Leute, die selbst schon ein-, zweimal genauso gedacht haben, wenn Parnell mit einer Schrotflinte auf ihre Katzen geschossen oder wenn er ihren Töchtern die Herzen gebrochen hat. Das sind dieselben, die jetzt rumlaufen und Parnell als Engel hinstellen, als echte Stütze der Gesellschaft. Die Wahrheit ist: Es gibt niemanden in Indian Creek, der Parnell Caraway nicht für den gemeinsten, eitelsten, habgierigsten Kerl gehalten hat, den es je auf der Welt gab. Siebzehn Jahre alt und verdorben durch und durch.

Weil sein Daddy der reichste Mann der Stadt ist, konnte Parnell sich natürlich fast alles rausnehmen, ohne dass auch nur einer was dagegen gesagt hätte. Die meisten Leute hier wohnen in Häusern, die Homer Caraway gehören, sie zahlen Miete an ihn, sie kaufen ihre Lebensmittel in seinem Laden, und sie können sich Besseres vorstellen, als sich mit ihm anzulegen. Homer Caraway kann einem das Leben zur Hölle machen, man braucht ihn nur falsch anzuschauen.

Jedes Mal, wenn ich mich wegen der halben Meile beschweren will, die ich jeden Morgen zu Fuß vom Berg herunter zur Schule muss, sage ich mir, wie gut wir dran sind, weil wir auf unserem eigenen Land wohnen. Es ist nicht groß – vier Morgen, ein Haus mit fünf Zimmern und eine Scheune –, aber immerhin schützt es uns Coes vor der Abhängigkeit von Homer Caraway. Damit das so bleibt, würde ich auch zehn Meilen weit zur Schule laufen.

Ich weiß, es war Parnell ein Dorn im Auge, dass wir seinem Vater nichts schuldeten. Wäre es so gewesen, hätte meine Schwester Caroline ihn vielleicht geheiratet – so wie er das gern gehabt hätte. Caroline Coe war das Einzige, was Parnell sich wünschte und nicht bekommen konnte. Eingebildet wie er war, brauchte er lange, bis er das kapiert hatte.

Aber ich greife voraus, das passiert mir immer wieder. Wahrscheinlich wollt ihr erst mal wissen, woher ich komme und was ich für eine Familie habe, Einzelheiten, die die Leute eben so interessieren.

Wie gesagt, ich heiße Dovey Coe. Die Coes leben schon seit ewigen Zeiten in Indian Creek, North Carolina, und ich denke, es werden immer welche hier leben. Wir wohnen schon immer in den Bergen, und wenn man erst mal eine Weile hier oben gelebt hat, tut man sich woanders schwer. Auf dem Friedhof hinter der Kirche kann man feststellen, dass die Coes bis ins Jahr 1844 zurückgehen. Der letzte Grabstein gehört meinem Großvater Caleb, der vor zwei Jahren gestorben ist, da war ich zehn. Die Inschrift lautet:

HIER LIEGT CALEB COE, GELIEBTER EHEGATTE VON REBECCA COE, VATER VON MATHEW, LUKE UND JOHN COE. GEBOREN AM 17. MAI 1861. GESTORBEN AM 2. DEZEMBER 1926. DER HERR SEI MIT IHM.

John Coe, das ist mein Daddy. Er ist einfach ein Alleskönner. Das heißt, er repariert alles, was kaputt ist, und manches, was nicht kaputt ist. Die Leute bringen ihm ihre defekten Radioapparate, durchgeschmorten Toaster, ramponierten Automobile und Daddy zieht hier eine Schraube fest, schließt dort einen neuen Draht an und macht alles so gut wie neu. Wer Geld hat, gibt ihm einen Dollar oder zwei, kommt darauf an, wie viel Arbeit es gemacht hat, und wer keine zehn Cent in der Tasche hat, der handelt es irgendwie anders mit Daddy aus. Als der Vergaser von Gaither Sparks am Ende war, bekamen wir ein Schwein und ein Pfund Zucker. Gleicht sich alles wieder aus, sagt Daddy immer.

Mama ist in Cane Creek Holler aufgewachsen, keine zwei Meilen von hier. Bei ihrer Arbeit im Haus und im Garten summt sie noch immer die Lieder, die sie als kleines Mädchen gelernt hat, und viele davon hat sie mir beigebracht. Ich gebe mir große Mühe, sie richtig zu behalten, und wenn sie mir tausend Dinge erklärt, die eine junge Dame ihrer Meinung nach wissen sollte, dann tue ich immer nur so, als würde ich aufpassen.

Außer meiner Schwester Caroline habe ich einen älteren Bruder namens Amos, er ist dreizehn und immer auf Abenteuer aus, genau wie ich. Die meiste Zeit treiben wir uns in den Wäldern auf Katie's Knob herum, suchen nach alten Pfeilspitzen und Steinen mit Quartzkristallen, stöbern alle möglichen wilden Tiere auf und normalerweise macht das immer viel Spaß.

Wir wohnen in dem Haus, in dem mein Vater aufgewachsen ist, und jeden Morgen schaue ich hinaus auf dieselben Berge, die schon mein Vater als Kind gesehen hat. Ich sitze gern auf der Veranda, sehe zu, wie der Sommerabend sich über das Tal senkt, und höre Daddys alte Melodien, die er auf seiner Gitarre spielt. Und wenn beißender Frost in der Luft hängt, genieße ich die wohlige Wärme am Ofen.

Es gibt noch mindestens tausend andere Dinge, die zu meinem guten Leben hier gehören, mehr, als ich aufzählen kann, mehr, als mir überhaupt einfallen, so selbstverständlich sind sie für mich geworden.

Deshalb ist es kaum zu glauben, dass sie mich von hier wegschicken könnten.

Nicht, dass ich Caroline Vorwürfe mache wegen dem ganzen Schlamassel. Tief in meinem Herzen weiß ich, dass es eigentlich nicht ihre Schuld war. Aber nach allem, was passiert ist, bleibt eben doch eine Spur davon zurück.

2

»Ich glaube, Parnell Caraway würde alles für dich tun, der wäre sogar bereit, für dich zu sterben«, sagte ich an einem Nachmittag im Frühsommer zu Caroline. In Mamas Garten drängten sich allmählich sämtliche Gemüsesorten aus der Erde, die die Menschheit nur kannte, und es schien, dass es für uns erst mal nichts als Arbeit gab.

Auf Parnell kam ich an diesem Tag deshalb, weil ich mir gerade gedacht hatte, dass so reiche Leute wie er und seine Schwester Paris in ihrem Leben wahrscheinlich noch nie einen Finger krumm machen mussten.

Wir saßen im Schatten der vorderen Veranda und pulten Erbsen fürs Abendessen. Mit meinem Teil war ich fertig und machte nun bei Caroline mit, die ihren Korb erst halb voll hatte. Caroline hatte immer große Ideen im Kopf, von einer so alltäglichen Beschäftigung wie Erbsenpulen ließ sie sich nicht besonders in Anspruch nehmen.

»Du lieber Gott, Dovey«, sagte Caroline in einem Ton, als hielte sie meine Vermutung für krauses Zeug und der Beachtung nicht wert. »Parnell interessiert sich für mich nicht mehr, als er sich für ein Huhn interessiert.«

Sie fuhr mit der Hand durch ihr dunkles Haar, ihre Wangen wurden rot. Nach ihrem Blick zu schließen, würde ich sagen, sie sonnte sich in der Vorstellung, dass ein Junge bereit sein könnte, für sie zu sterben. Aber natürlich würde sie das nie zugeben.

Caroline war sechzehn, vier ganze Jahre älter als ich, aber viele Leute behaupteten, dass ich mich eher wie die ältere Schwester benehmen würde, weil ich vor nichts Angst hätte und weil ich offen meine Meinung sagte, wenn man mich danach fragte. Für die hübschere Schwester hielt mich bestimmt niemand.

Caroline war so hübsch, dass ich sie manchmal kaum anschauen konnte. Als wäre sie von einem hellen Licht umgeben, das ihr langes, dunkles Haar und die großen, grünen Augen erst voll zur Geltung bringt. Daddy sagte oft, mit ihren Augen könnte Caroline eine ganze Armee von Männern aufhalten, und das glaubte ich auch. Ich selbst habe graue Augen, über die es nichts Besonderes zu berichten gibt.

»Ich glaube, Parnell ist dumm genug, der verliebt sich auch in ein Huhn«, neckte ich Caroline, denn ich wollte mir ihre Gunst erhalten. Ein Spaß war es nicht, wenn Caroline eine ihrer Launen bekam.

Meine Bemerkung mit dem Huhn brachte sie zum Lachen. »Du bist mir vielleicht eine«, sagte sie und gab mir einen Klaps aufs Knie. »Redest in einem Atemzug über Hühner und Liebe.«

Caroline stand auf, streifte Erbsen von ihrem grünen Baumwollrock und ging ins Haus. Ich hätte auf der Stelle einen Dollar verwettet, dass sie sich jetzt auf ihr Bett legen und an ihrem großen Traum spinnen würde: Weg von zu Hause, fremde Städte sehen und keinen Gedanken mehr an Parnell Caraway verschwenden, auch wenn er sie seit fast einem Jahr bestürmte, seine Freundin zu werden.

Es ist nämlich so, dass Caroline sich mit vierzehn einen Plan für ihr Leben gemacht hat. Sie hatte entschieden, dass ein Leben hier in Indian Creek nichts für sie war. Sie wollte sich selber ein Bild von der Welt machen und sehen, was hinter diesen Bergen lag. Deshalb hatte sie beschlossen, Lehrerin zu werden und auf das College nach Boone zu gehen.

Sie rechnete sich aus, dass sie nach der Ausbildung eine gute Stelle als Lehrerin in Asheville bekommen würde, vielleicht sogar in Charlotte oder in Raleigh, dann würde sie Mama und Daddy ein bisschen Geld schicken. Den Rest würde sie auf schöne Kleider verwenden und auf interessante Ausflüge am Wochenende. Dass Parnell ihr den Hof machte, schien sie lange Zeit nicht im Geringsten zu beeindrucken.

Ich pulte die Erbsen fertig, die Caroline stehen gelassen hatte, und schaute über den Hof und die angrenzenden Wälder. Ich fand, wenn man als Coe auf die Welt gekommen war, dann gehörte man nach Indian Creek. Schon immer hatten Coes in dieser Stadt gelebt, wir gehörten zu ihr wie der Katie's Knob und der Cane Creek. Aber wie gewöhnlich sah Caroline die Dinge anders als ich.

Manchmal stellte ich mir vor, wie es wäre, wenn ich Caroline wäre und ständig alle möglichen Jungen auf den Fersen hätte, die ihr Herz vor sich her trugen. Nicht, dass mich Jungen brennend interessierten, das nicht. Ich sehnte mich auch nicht nach einem Leben als atemberaubende Schönheit, so romantisch bin ich nicht. Ich bin nur manchmal neugierig, das ist alles.

Eines Morgens weckte mich Caroline sehr früh und hielt mir einen Becher heiße Schokolade unter die Nase – ein todsicherer Weg, mich morgens aus dem Bett zu bringen, das wusste Caroline besser als jeder andere.

»Dovey, Schätzchen, lass uns in die Stadt gehen und sehen, was es heute auf dem Markt gibt.« Caroli ne lächelte mich an und das hieß *bitte, ach bitte*. Es wirkte. Ich sprang aus dem Bett und fuhr in meine Latzhose und in meine Bluse.

Es war ein strahlender Samstagmorgen, und wie immer fürchtete sich Caroline, allein den Berg hinunterzugehen. In unserer Gegend gab es alle möglichen wilden Tiere; nachts hörten wir sie miteinander reden, und das konnte einem Menschen, auch wenn er sicher auf seiner Veranda saß, schon Angst einjagen. Bei Tag aber sah man sehr selten mal einen Bären oder einen Puma. Mich schreckte der Gedanke nicht, allein oder mit Amos durch die Wälder zu ziehen und Wurzeln zu suchen, die wir an Ärzte am Fuß des Berges verkauften. Aber mit Caroline war das eine andere Geschichte. Sie war überzeugt, ein Berglöwe würde sie fressen, wenn ich nicht bei ihr wäre und ihn mit einem Stock vertreiben würde.

Aber als wir in der Stadt waren, hatte Caroline alle wilden Tiere vergessen. Sie dachte nur noch an den Markt und an die Sachen, die sie vielleicht entdecken würde. Vom Frühjahr an kamen Farmer mit ihren Familien in die Stadt und hielten Markt am Ende der King Street, der Straße, die mitten durch den Ort führte. Sie verkauften alle möglichen Waren, nicht nur eigene Produkte. Man sah Tische mit Broten und Kuchen, mit Steppdecken in den verschiedensten Mustern – Wasserrad, Gänseflügel, Taube im Fenster –, mit hölzernen Enten und Hündchen, die man an einer Schnur ziehen konnte, mit Gläsern voll Murmeln und Gläsern voll Knöpfen, man sah Spinnräder, die in irgendeiner Scheune vor sich hin gestaubt hatten – man sah einfach alles und hin und wieder konnte man auf einen echten Schatz stoßen.

Caroline und ich bummelten über den Markt und schwelgten in den herrlichen Gerüchen und im Anblick der vielen schönen Dinge, die wir uns kaufen würden, wenn wir das Geld dazu hätten. Wir blieben vor einem Tisch stehen, auf dem zwischen allem möglichen Flitterzeug ein versilberter Spiegel und ein glänzendes Taschenmesser mit Stahlklinge und rotem Griff lagen. Ein Taschenmesser wünschte ich mir schon, seit ich zum ersten Mal eins im Sears-and-Roebuck-Katalog gesehen hatte. Glänzend und ein bisschen gefährlich hatte es auf dem Bild ausgesehen, aber auf diese letztere Eigenschaft hatte ich Mama nicht gerade aufmerksam gemacht. Ich konnte mir hunderte von Anwendungsmöglichkeiten für ein Taschenmesser vorstellen, vom Unkrauthacken im Garten bis zur Verteidigung gegen einen Puma, sollte mir denn je einer über den Weg laufen.

Ich versuchte Mama für die Idee zu erwärmen, mir dieses Taschenmesser zu Weihnachten zu schenken, aber sie wollte nichts davon wissen. Mama nämlich hatte es sich zur Aufgabe gemacht, mir mein zu jungenhaftes Benehmen abzugewöhnen. »Es gehört sich nicht für eine Dame, so die Beine übereinander zu schlagen«, sagte sie oft, oder: »Für jedes Mal, wenn du im Hof ausspuckst, werde ich fünf Cent von dir verlangen.« Von der Veranda aus sah sie mir mit gerunzelter Stirn nach, wenn ich mich mit Amos auf den Weg zum Angeln im Weiher machte, und Daddy erklärte sie dauernd, ich sei jetzt zu groß, um ihm in der Scheune beim Autoreparieren zu helfen.

Caroline nahm den Spiegel, drehte und wendete ihn in der Hand und bemühte sich, ihr Spiegelbild nicht allzu auffällig zu bewundern. Ich dagegen prüfte das Gewicht des Taschenmessers in meiner Hand. Es fühlte sich genau richtig an. Das einzige Problem war, dass es fünfzig Cent kostete und ich nur fünf besaß.

Ein Junge, ungefähr sechzehn, mit fleckiger Haut und einem Adamsapfel, den man unwillkürlich anstarren musste, stand hinter dem Tisch und ließ den Blick nicht von Caroline. An seinem halb offenen Mund und dem dümmlichen Lächeln, das sich in seinen Mundwinkeln kräuselte, konnte ihm jeder ansehen, dass er wie auf Wolken schwebte.

»Is'n schöner Spiegel für'n sehr schönes Mädchen, wenn ich mal so sagen darf«, brachte er schließlich hervor. Mit einem knochigen Finger zeigte er auf seinen Tisch und sah sehr stolz aus, weil ihm so viele Wörter auf einmal aus dem Mund geströmt waren.

Caroline funkelte ihn aus ihren grünen Augen an und lachte ihr Lachen, das jeden erwischt wie ein Schluck kühles Wasser an einem heißen Augustnachmittag. »Nett von dir, dass du das sagst. Ich habe gerade überlegt, wie schön der Spiegel zu Hause auf meiner Kommode aussehen würde.«

Der Junge legte die Stirn in Falten, als stelle er sich vor, wie Caroline im Nachthemd vor ihrer Kommode aussehen würde. Er schluckte ein paar Mal und sein Adamsapfel hüpfte unglaublich schnell auf und ab.

»Schade, dass er so teuer ist«, sagte Caroline, und dabei wiegte sie leicht ihre Hüften, als tanze sie zu einem Lied, das nur sie allein hören könne, und zog ihn damit ganz in ihren Bann. »Zwei Dollar, so viel habe ich nicht.«

»Also, kann sein, dass meine Mama mir das Fell über die Ohren zieht. Aber ich will dir was sagen. Ich lass ihn dir auch für einen Dollar. Nur weil du so hübsch bist.«

Caroline wiegte anmutig den Kopf. »Du bist wirklich sehr nett. Jungen, die so gut aussehen wie du, sind meistens nicht halb so nett.«

Allmählich wurde mir langweilig bei all den Nettigkeiten, die zwischen den beiden hin und her gingen. Ich fing an, laut zu summen, und rempelte Caroline mit der Hüfte an.

»Das ist meine kleine Schwester Dovey«, sagte Caroline, und der Junge nickte mir flüchtig zu, bevor er das Gespräch mit meiner Schwester fortsetzte. »Sieht aus, als will sie gern dieses Taschenmesser hier.«

Inzwischen ging mir das liebliche Getue mächtig auf die Nerven. »Komm, Caroline, wir müssen jetzt gehen. Du hast nicht das Geld für den Spiegel, ich hab nicht das Geld für das Taschenmesser, und Mama will, dass wir zum Essen zu Hause sind.«

Betrübt sah Caroline ihren Möchtegernkavalier an und sagte: »Dovey hat wohl Recht, wir müssen gehen.«

Bevor einer *Piep* sagen konnte, fragte mich der Junge: »Wie viel Geld hast du?«

»Ich habe fünf Cent, und das reicht für keins der vielen Sachen, die du zu verkaufen hast.«

»Sei da mal nicht so sicher.« In null Komma nichts hatte er den Spiegel und das Taschenmesser in braunes Papier gewickelt. »Macht fünf Cent, bitte«, sagte er. »Und darf ich euch schöne Damen zu einer Limonade einladen?«

Als Mama am Nachmittag mein Taschenmesser sah, machte sie einen Riesenwirbel, aber Daddy überzeugte sie, dass ein Mädchen, das sich so oft in den Wäldern auf den Bergen aufhielt, ein gutes Messer braucht. Ein bisschen neugierig war er, wie Caroline und ich zu einem so guten Handel auf dem Markt gekommen waren, aber darüber redeten wir nicht sehr ausführlich und bald war Daddy ohnehin mit anderen Dingen beschäftigt.

Manchmal zweifelte ich daran, ob es richtig war, wie Caroline sich Männern gegenüber benahm: dass sie jeden bezirzte, alles für sie zu tun. Ich zweifelte umso mehr, als sie sehr gereizt reagieren konnte, wenn sie nur für ein hübsches Mädchen gehalten wurde. Aber immer, wenn ich drauf und dran war, sie deshalb zu verurteilen, zog ich das Messer aus der Tasche und dachte daran, dass sie ja nicht als Einzige von ihrem Verhalten profitierte.

»Sei bloß vorsichtig mit dem Ding, Dovey«, sagte Mama nach dem Essen, als ich mit Amos auf Katie's Knob nach unseren Fallen sehen wollte. »Ich kann gut mit der Nadel umgehen, aber einen Finger annähen, das kann ich nicht.«

Caroline saß am Küchentisch und polierte mit einem Geschirrtuch ihren Silberspiegel. »Pass auf, Dovey, dass du niemanden umbringst mit dem

Ding«, warnte sie mich zum Spaß. »Ich hätt's nämlich gar nicht gern, wenn ich dich aus dem Gefängnis auslösen muss.«

»Caroline, um Himmels willen, wie kommst du nur auf solche Sprüche?«, schimpfte Mama. Mama war sehr empfindlich, was Gewalt und Blutvergießen anging. Im Großen Krieg* war ihr jüngster Bruder Cecil in der Schlacht von Argonne in Frankreich erschossen worden und das hatte Mama noch immer nicht verwunden.

»Oh, Mama«, sagte Caroline, und es hörte sich an, als nähme sie Mama kein bisschen ernst. Dann summte sie ein Lied, das ich noch nie gehört hatte. Die Melodie klang mir noch im Ohr, als ich den Bergpfad hinauflief.

* gemeint ist der Erste Weltkrieg (1914 - 1918)

3

Amos war schon ein Stück voraus, als ich aus der Tür kam. Er kannte jeden Stein, jedes Rattenloch, jede Biegung des Pfades, der sich hinaufwand auf die Kuppe von Katie's Knob zu all den schönen, geheimnisvollen Stellen, die der Berg zu bieten hatte, und Amos bewegte sich in dieser Umgebung leicht wie der Wind. Ich war hier auch schon oft allein gegangen, aber Mamas Fürsorge holte mich immer wieder zurück in die Welt der schicklichen Dinge, der winzigen Stiche und zarten Seufzer. Amos war ein Jahr älter als ich, durfte frei durch die Wälder streifen und kannte diesen Berg wie sein eigenes Spiegelbild.

Als ich ihn endlich eingeholt hatte, kniete er auf der Erde und untersuchte eine Spur, die vom Pfad seitlich in den Wald abbog. Tom und Huck, Amos' Hunde, hatten sich schon durch ein von Ranken überwuchertes Dickicht gewühlt und folgten der Fährte. Ich hielt es für eine Hirschspur, nach der

V-Form der Abdrücke zu schließen, und als ich es Amos sagte, nickte er und stand auf. An Hirschen oder Rehen waren wir um diese Jahreszeit nicht interessiert. Wir hielten Ausschau nach bestimmten Wurzeln und Kräutern, die wir als Arzneien verkaufen konnten.

Amos klatschte sein Signal für Tom und Huck und die Hunde kamen wieder angerannt. Ihr gelbliches Fell war von Kletten und roten Lehmflecken übersät, und sie japsten vor purer Freude am Rennen und Jagen, so kam es mir jedenfalls vor.

Ich weiß nicht, ob ich überhaupt erklären kann, was für eine Beruhigung diese Hunde für mich bedeuteten. Schon als wir kleine Kinder waren, hatte ich mich für Amos verantwortlich gefühlt, aber nachdem Mama ihr Projekt gestartet hatte, aus mir eine Dame zu machen, konnte ich ihn nicht mehr ständig im Auge behalten. Wieder und wieder hatte ich ihr das erklärt, aber sie wollte nichts davon hören. »Amos kommt allein zurecht, Dovey«, hatte sie gesagt. »Lass ihn doch erwachsen werden.« Aber Mama hatte sich auch nie die Fäuste blutig geschlagen an irgendeinem Idioten von Jungen, der hinter Amos hergelaufen war und Grimassen geschnitten hatte. Ich dagegen hatte bei solchen Gelegenheiten manche Narbe davongetragen.

Es ist nämlich so: Als Amos auf die Welt kam, konnte er so gut hören wie jeder andere. Aber dann, sagen sie, muss er irgendeine Krankheit erwischt haben, noch als Baby. Durch diese Krankheit hat sich Wasser in seinem Kopf gestaut, sein Gehirn ist angeschwollen und deshalb ist er taub geworden. Mama hatte zum ersten Mal den Verdacht, dass mit Amos was nicht stimmte, als er ungefähr zehn Monate war. Sie kam in das Zimmer, wo Amos in seinem Gitterbettchen lag, und er merkte es erst, als sie unmittelbar vor ihm stand. Sie klatschte hinter ihm in die Hände, aber er reagierte nicht. Schließlich brachten sie und Daddy ihn zu den Ärzten nach Asheville, und die stellten eindeutig fest, dass Amos taub war und nie wieder hören würde.

Manche Leute dachten, weil Amos nicht hörte und nicht sprach, müsse er blöd sein, und viele behandelten ihn auch so, aber damit lagen sie weit daneben.

Als er acht und ich sieben war, brachte ich Amos das Lesen bei, was gar nicht so schwierig war, wie man es sich vielleicht vorstellt. Ich fing mit Bilderbüchern an, in denen es nur wenige Wörter gab. Und Amos stellte schnell den richtigen Zusammenhang her, wenn er ein Bild von einem Hund und das Wort »Hund« sah. Bei Wörtern ohne Abbildung suchte ich einfach nach einem Exemplar aus dem wirklichen Leben und zeigte es ihm.

Später lehrte ich ihn auf ähnliche Weise, Wörter von den Lippen abzulesen, und bald konnte er beinahe alles verstehen, was man zu ihm sagte, solange man beim Sprechen direkt vor ihm stand. Sprechen konnte er nicht, aber er konnte schreiben. Seine Schrift war sogar viel schöner als meine. Mama sagte immer, meine Schrift sehe aus, als wäre ein in Tinte getauchtes Huhn über mein Papier gelaufen.

Amos ist nie in die Schule gegangen, worum ich ihn mächtig beneidete. Die Schule in Indian Creek war ein schlechtes Beispiel für eine Bildungseinrichtung. Jedes Jahr bekamen wir eine Lehrerin, frisch aus dem Lehrercollege und noch grün hinter den Ohren, die glaubte, ihre Christenpflicht zu erfüllen, wenn sie hier heraufkam und uns Hinterwäldler unterrichtete. Ich gab ihnen immer höchstens sechs Monate und die meisten blieben nicht länger als vier. Zum Teil lag das am Winter, der hier oben früh und hart hereinbricht und der Flachländer schnell wieder dorthin treibt, woher sie gekommen sind. Der andere Punkt war der, dass den Lehrern auf dem College offenbar nicht beigebracht wurde, wie man mit Jungen wie Lonnie Matthews und Curtis Shrew umgeht. Die nahmen sich immer gezielt vor, frisch gebackene

Lehrer zu vergraulen und schnellstens aus der Stadt zu jagen.

Kaum war die neue Lehrerin weg, übernahm die alte Mrs. Dreama Bullock das Regiment. Sie war ungefähr so taub wie Amos und so klug wie ein Ziegelstein. Die einzige Möglichkeit, wie man sich in Indian Creek eine Spur von Bildung verschaffen konnte, war die, dass man sich Bücher aus der Bibliothek holte, was ich und Amos jede Woche taten. Seine Lieblingsbücher waren die von Mr. Mark Twain, weshalb er seine Hunde Tom und Huck genannt hat. Wenn ich es recht bedenke, sah Amos aus, wie ich mir Huck Finn vorstellte, sehr jungenhaft und mit einem unbekümmerten, fröhlichen Gesicht.

Immer wenn ich mit Amos von der Bücherei zurückkam, ging er schnurstracks in die Küche, nahm sich ein Glas Milch, setzte sich an den Tisch und fing an zu lesen. Er rührte sich nicht, bis Mama ihn wegscheuchte, damit sie das Abendessen herrichten konnte. Dann suchte er mich, und wir spielten Karten oder gruben im Hof nach kostbaren Edelsteinen, bis es Zeit zum Essen war. Manchmal saßen wir auf Amos' Bett und zeichneten Landkarten, die zu einem vergrabenen Schatz führten, und dann suchten wir in Amos' Zimmer nach geeigneten Dingen, die wir im Hof vergraben und später wieder ausgraben konnten.

Amos hatte eine schöne Schrift, na gut, aber sein Zimmer war ein heilloses Durcheinander. Unter seinem Bett fand sich, was man sich nur vorstellen kann: Vogelnester, Zweige, Farbstifte, kleine, glatte Steine vom Cane Creek, Federn – alles.

Ich glaube, Amos war mein bester Freund. Natürlich hatte ich hier und da auch andere Freunde. Einer davon war Wilson Brown, ein Junge aus der Schule in meinem Alter. Er war groß und schmächtig, einer von der stillen Sorte, aber immer für ein Abenteuer zu haben und er verstand was von Steinen und Pflanzen. Wir waren immer gut miteinander ausgekommen, aber so vertraut wie mit Amos war ich mit ihm nicht.

Es gab nichts, was ich für meinen Bruder nicht getan hätte, das stimmt, und ich tat so viel, wie ich konnte. Ich glaube, das galt auch für Tom und Huck, die ständig um Amos herum waren und aufpassten, dass ihm nichts gefährlich werden konnte. Wir machten uns nie Sorgen, wenn Amos allein durch die Wälder zog, weil Tom und Huck immer bei ihm waren.

Der Wind frischte ein bisschen auf, als wir uns an das letzte Stück zur Kuppe machten. Aufmerksam hielten wir Ausschau nach möglichen Überraschungen, die in den Bäumen rechts und links lauern könnten oder hinter Felsen, die hier und da wie spitze

Zähne aus der Erde ragten. An einem Nachmittag wie diesem, es war kühl für Juli, eine leichte Brise hing in der Luft, waren uns Abenteuer wie Arzneikräuter gleichermaßen willkommen. Wenn es auch schon lange her war, dass Indianer auf diesem Pfad gegangen waren, wünschte ich mir trotzdem, wir würden welche sehen. Oder einen geflohenen Sklaven aus Virginia oder Tennessee, dem wir eine Schutzhütte bauen und Essen bringen könnten.

Amos hob die Hand und bedeutete mir, stehen zu bleiben. Auf dem Pfad vor uns sah ich nichts, aber das hieß nicht, dass nichts da war. In meinem Nacken kribbelte es ein bisschen vor Erregung. Vielleicht hatte Amos abseits des Pfades einen Fremden bemerkt, oder vielleicht hatte er den Geruch einer Bärin wahrgenommen, die weit entfernt schwerfällig zu ihrer Höhle tappte. Ich schob die Hand in die Tasche meiner Latzhose und tastete nach meinem Messer. Kühl spürte ich die Metallkanten an den Fingern und fuhr mit dem Daumennagel über die Rille, in der die Klinge steckte, so dass ich sie im Notfall schnell aufschnappen lassen könnte.

Wie Donnergetöse erfüllte das Schlagen von Flügeln die Luft. »Lieber Gott, hab Erbarmen!«, schrie ich. Was für ein Anblick! Ein Vogel hob sich vor uns in die Luft, seine Flügel reichten praktisch von einer

Seite des Pfades bis zur anderen, sein Schnabel war lang wie ein Bleistift und nach unten gekrümmt und die Federn auf seinem Kopf standen hoch wie der Kopfschmuck eines Siouxhäuptlings. So einen Vogel hatte ich auf unserem Berg noch nie gesehen. Er musste von seiner gewohnten Flugroute abgekommen sein, und als Amos sich zu mir umdrehte, grinsend von einem Ohr zum anderen, teilte ich ihm meine Vermutung mit.

Er nickte, dann drehte er sich wieder um und rannte hinter dem Vogel her, ihm dicht auf den Fersen Tom und Huck. Kopfschüttelnd lief ich ihnen nach. Was, um Himmels willen, wollte Amos mit dem Vogel anfangen, wenn er ihn erwischen würde? Aber der Gedanke war kaum bis in mein Hirn gedrungen, da schwang sich der Vogel schon zum Himmel empor und flog davon in irgendein fernes Land, in dem er zu Hause war.

Inzwischen waren wir auf der Kuppe von Katie's Knob und unter uns breitete sich Indian Creek aus wie eine bunte Flickendecke. Schwer atmend vom Rennen, ließ Amos sich zu Boden fallen. Tom und Huck leckten ihm Gesicht und Hals und Amos schüttelte sich vor Lachen.

Ich setzte mich neben ihn, mein Atem ging schnell und stoßweise. Mit Amos zu reden hatte keinen

Zweck, solange er mit Tom und Huck auf dem Boden herumrollte. Von weiter unten hörte ich die Glocke, mit der Mama immer nach mir läutete, wenn ich weiter weg war und sie mich zu Hause zum Helfen brauchte. Nach dem Stand der Sonne schätzte ich, dass es nicht mehr lange bis zum Abendessen sein konnte. In letzter Zeit ließ mich Mama jeden Abend den Tisch decken. Messer, Gabeln, Löffel, alles musste ich lernen an den richtigen Platz zu legen, damit ich gut gerüstet wäre für den Fall, ich würde mich mal in »besserer Gesellschaft« befinden.

Meiner Meinung nach hatte ich hier auf der Kuppe von Katie's Knob die beste Gesellschaft überhaupt – meinen Bruder, die Vögel und die weite, wilde Natur.

4

Zwei Wochen später, am Sonntagnachmittag nach der Kirche, kramte Caroline das Haushaltsbuch aus der Küchenschublade, setzte sich an den Tisch, studierte es ausgiebig und stieß plötzlich einen Freudenschrei aus.

»Ich hab's gewusst! Die ganze Zeit in der Kirche konnte ich an nichts anderes denken: Wenn unsere Sau groß genug ist, dass Daddy sie an Chester Daniels verkaufen kann, dann reicht es fürs Schulgeld. Und ich hab Recht gehabt!«

Carolines Wangen waren rot, sie strahlte über das ganze Gesicht. »Ich kann's kaum glauben!«, sagte sie, warf den Kopf in den Nacken und lachte zur Decke hinauf. »Endlich komm ich raus aus dieser Stadt!«

»Tu mir einen Gefallen, Liebling«, sagte Mama. Sie stand vor der Anrichte, noch in ihrem dunkelblauen Sonntagskleid mit den Perlmuttknöpfen, und schnitt für das Abendessen einen kalten Schinken in Scheiben. »Benimm dich wenigstens so, als wärst du ein bisschen traurig, dass du von hier weggehst.«

Caroline stand auf. »Ihr werdet mir alle fehlen, Mama, das weißt du doch«, sagte sie, legte ihr den Arm um die Schultern und drückte sie leicht. »Aber es gibt eine Welt da draußen und die will ich sehen.«

»Du willst schöne Männer sehen«, sagte ich. Ich hatte mich auf den Boden gesetzt, so, dass ich mich mit dem Rücken gegen den kalten Ofen lehnen konnte, und blätterte in einem interessanten Buch über das Steinesammeln.

Caroline bedachte mich mit einem säuerlichen Lächeln. »Ich rede von einer Ausbildung«, sagte sie und bemühte sich, wie immer in letzter Zeit, um einen sachlichen Ton. »Ich habe nämlich ein Hirn im Kopf. Für jemanden mit meiner Begabung und meinen Fähigkeiten ist eine kultivierte Umgebung wichtig. In Boone soll es jede Menge kultivierter Leute geben. Und in Asheville auch.«

»Jede Menge Witzfiguren, die beim Teetrinken den Finger abspreizen, wetten?«, sagte ich und das klang wie ein Kommentar von Daddy.

»Meine Güte, Dovey, woher willst ausgerechnet du was vom Teetrinken verstehen?«, fragte Caroline. »Du hast ja noch nicht mal gelernt, dass man sich den Milchrand vom Mund wischt.«

Ich fand diese Bemerkung keiner Antwort würdig.

So mancher fragte sich, warum Caroline überhaupt zum College gehen wollte, wo sie doch wahrscheinlich bald heiraten würde, ein schönes Mädchen wie sie. Diese Leute bedachten nicht, dass Caroline zu denen gehörte, die eine andere Vorstellung im Kopf hatten, als nach Beendigung der High School zu heiraten und im Haus neben ihrer Mama einzuziehen, wie es bei den meisten Mädchen in Indian Creek gang und gäbe war. Das war aber weder mein Ziel noch war es je Carolines Bestreben gewesen. Wir Coes sind aus einem anderen Holz geschnitzt.

Am Montag darauf verkaufte Daddy das Schwein an Chester Daniels, und am Dienstag fuhr er nach Boone und bezahlte das Schulgeld für Caroline, damit sie im Herbst auf das Lehrercollege gehen konnte. Am Mittwochmorgen, als Mama in Caraways Lebensmittelladen Mehl zum Kuchenbacken kaufte, wurde sie von Coreen Lovett abgefangen und gefragt, ob das mit dem College wahr sei. Lange dauerte es in Indian Creek nie, bis eine Neuigkeit die Runde machte, das war mal sicher.

»Die Leute in dieser Stadt reden eben gern«, sagte Mama, als sie von Caraway zurückkam. »Wahrscheinlich haben's inzwischen sogar Cypress Terrell und seine Mutter gehört, dass Caroline zum College geht.«

Cypress Terrell war ein kleiner alter Mann ohne Zähne, der mit seiner Mutter oben auf dem Cane Creek wohnte. Man sah sie vielleicht ein- bis zweimal im Jahr, mehr Interesse hatten sie nicht an der Gesellschaft anderer Menschen.

Als nun Parnell Caraway erfuhr, weshalb mein Daddy in Boone gewesen war, setzte er sich in sein Auto und fuhr den Berg hinauf bis zu unserem Haus, was mit einem schicken Auto gar nicht so einfach ist. Aber Parnell war ein entschlossener Mann, und um seinen Willen zu bekommen, würde er sogar das tadellose Äußere seines Autos opfern.

Wäre Caroline nicht gewesen, hätte Parnell Caraway nicht im Traum daran gedacht, einen Fuß auf unser Grundstück zu setzen. Keiner der Caraways hielt viel von uns Coes, aber Parnell machte eine Ausnahme wegen Caroline, weil er doch in sie verliebt war und alles. Von Zeit zu Zeit kam er vorbei, um zu sehen, ob Caroline ihre Meinung über ihn geändert hatte. Manchmal war Caroline sehr freundlich zu Parnell; dann wieder wechselte sie kaum ein paar Worte mit ihm. Ehrlich gesagt, ich glaube, Parnell genoss diese unklare Situation sogar. Alle anderen Mädchen in der Stadt zeigten ihm deutlich, dass sie ihn für den Größten hielten, aber bei Caroline blieb es spannend.

Als Tom und Huck den Motorenlärm hörten, gebärdeten sie sich wie die Wilden, bellten, was das Zeug hielt, und rasten auf dem Hof hin und her, um Amos zu zeigen, dass hier etwas Aufregendes zu erwarten war. Parnell besuchte uns nicht zum ersten Mal, aber meistens war Amos mit Tom und Huck unterwegs gewesen – für die Hunde war es also ein ziemlich ungewöhnliches Ereignis.

Daddy reparierte gerade die Lichtmaschine an Luther McDowells Traktor. Er steckte den Kopf aus der Scheune und winkte, als Parnell aus dem Auto stieg. Vom Garten aus sah ich Parnell zur Scheune hinüberschlendern, wo er kurz mit Daddy plauderte. Ich hätte auf den Tod gern gewusst, worüber sie redeten. Das war immer ein Problem mit Daddy. Er ist freundlich mit allen, die ihm über den Weg laufen. Ich fürchtete, dass er vielleicht nicht alles wusste, was man über Parnell wissen musste. Möglicherweise schloss er Parnell ins Herz, ohne dass er dessen wahren Charakter kannte und ohne dass er wusste, dass Parnells Familie sich für weit über uns stehend hielt.

Parnell schüttelte Daddy die Hand, dann kam er in Mamas Blumengarten, wo ich gerade Unkraut jätete.

Er hatte etwas sehr Entschlossenes an sich, und, das musste ich widerwillig zugeben, er war hübscher denn je. Ich habe nie geleugnet, dass Parnell ein gut aussehender Junge war, wenn ich auch immer fand, dass eine gewisse Boshaftigkeit in seinen Augen sein Aussehen verdarb. Er hatte glänzendes schwarzes Haar, wellig zurückgekämmt, und die makelloseste Nase, die ich je gesehen habe. So gerade und fein geschnitten, wie eine Nase nur sein kann. Seine Augen waren tief dunkelbraun wie Rehaugen und seine Haut war hell und glatt. Parnell war damals schon ein ausgewachsener Mann, ungefähr einen Meter achtzig groß.

»He, Dovey«, sagte er, ohne Amos zu beachten, der Tom und Huck in den Garten gefolgt war, um zu sehen, warum sie so ein Theater machten. Die Tatsache, dass Amos taub war, machte ihn in den Augen von Leuten wie Parnell unsichtbar, nicht nötig, ihm zuzuwinken oder gar hallo zu sagen.

»Was führt dich denn hier rauf, Parnell?«, fragte ich, richtete mich auf und wischte mir die Erde von den Händen.

»Tag auch. Ich will nur ein paar Worte mit Caroline reden. Ist sie im Haus?«

Parnell kam auf mich zu, als wollte er mir auf die Schulter klopfen oder sonst irgendwie freundlich sein, aber ich wich schnell zurück. Parnell würde Caroline nicht erobern, indem er liebenswürdig zu *mir* war – falls er das im Sinn hatte. Ich hatte gesehen, wie er im Laden seines Vaters auftrat, großspurig, als könne er über die ganze Welt verfügen. Bei mir würde der sich nicht einschmeicheln, da konnte er sich anstrengen, wie er wollte.

Inzwischen schnüffelten Tom und Huck um Parnells Füße herum und versuchten schließlich, ihre Nasen zwischen seine cremefarbenen Hosenbeine zu stecken, wie es Hunde gern tun. Parnell versetzte Huck einen harten Stoß und schlug Tom mit der Hand weg. Amos ging mit der Hacke auf ihn zu.

»Wenn ich du wäre, würde ich zu den Hunden ein bisschen freundlicher sein«, sagte ich zu Parnell. »Amos hat nämlich was gegen Leute, die auf seine Hunde eindreschen.«

Parnell streckte die Hände in die Luft, wie um zu kapitulieren, dann sagte er sehr laut: »Tut mir Leid, Amos. Deine Hunde haben mich einfach nervös gemacht.«

Da kam Caroline auf die Veranda, hübsch wie immer, in einem blau geblümten Kleid und ohne Schuhe an den Füßen. »Mama will wissen, was hier für ein Lärm ist«, sagte sie. »Oh, hey, Parnell. Dachte ich mir's doch, dass ich ein Auto auf dem Hof gehört habe. Was treibt dich an einem so schönen Nachmittag hier rauf?«

Parnells Blick schmolz wie Butter in der Sonne und seine Stimme wurde beinahe sanft und vibrierend. In einem ganz anderen Ton sagte er: »Caroline, ich muss mit dir reden. Es ist sehr wichtig.«

Caroline setzte sich auf die Verandastufe. »Was ist denn los, Parnell? Bist du krank? Du siehst ein bisschen spitz um die Nase aus.«

Parnell warf mir einen kurzen Blick zu, dann senkte er die Stimme. »Ich werde krank, wenn ich dran denke, dass du hier weg willst«, sagte er, und ich hatte das Gefühl, mir würde gleich schlecht werden. »Sie sagen, dass du im August zum Lehrercollege gehst, aber ich will deine Meinung ändern.«

Parnell schoss mir und Amos einen Blick zu, der bedeutete: Verschwindet endlich. Ich setzte mein reizendstes Lächeln auf und fing wieder mit Unkrautjäten an. Amos spielte mit seinen Hunden im Hof.

Parnell setzte sich auf die Treppenstufe unter Caroline, wahrscheinlich, um besser in ihre berühmten Augen blicken zu können. Er nahm ihre Hand in seine, worüber Caroline mit einer Augenbraue zuckte, aber ihre Hand nicht zurückzog, was sie meiner Meinung nach hätte tun müssen.

»Caroline, bleib in Indian Creek, und ich mache dich zum glücklichsten Mädchen der Welt, das schwöre ich«, sagte Parnell mit leidenschaftlicher Stimme. »Ich kauf dir, was du willst, alle Kleider der Welt, Ringe für alle Finger, ein Auto, alles, was du sagst.«

An diesem Punkt dachte ich, Caroline muss jetzt sagen, dass sie die Welt sehen und ehrgeizige junge Männer kennen lernen will und dass sie absolut kein Interesse daran hat, in Indian Creek zu bleiben.

Stattdessen sagte sie: »Ach, Parnell, ich kann ja nicht einmal fahren. Wozu brauche ich da ein Auto?«

»Du verstehst mich nicht, Caroline«, sagte Parnell und er wurde allmählich ungeduldig. »Ich will dir sagen, heirate mich. Ich kümmere mich um deine Familie. Ich werde sogar Amos auf eine Sonderschule für taube Kinder schicken.«

»Jetzt halt aber mal die Luft an, Parnell Caraway!«, fiel ich ihm ins Wort. »Du schickst Amos nirgendwo hin!«

»Dovey!«, rief Caroline streng. »Überlass das mir, ja!«

»Ein Mädchen wie du sollte sich aber nicht so ausdrücken«, ergänzte Parnell gereizt.

»Verdammt und zugenäht!«, schoss ich zurück.

»Warum schleppst du deine armselige Figur nicht endlich wieder in den Laden von deinem Vater?«

Caroline stand auf. »Schluss jetzt, ihr beiden! Geh sofort rein, Dovey, und lass mich in Ruhe mit Parnell reden.«

Ich knallte die Fliegentür hinter mir zu, damit sie merkten, was ich davon hielt, dass sie mich wegschickten wie ein kleines Kind. Dann setzte ich mich an das offene Fenster im Wohnzimmer, wo ich jedes ihrer Worte verstehen konnte.

»Was sagst du dazu, Caroline?«, fragte Parnell. »Willst du mich heiraten? Ich verspreche dir, dass ich gut für dich und deine Familie sorge.«

Caroline war einen Augenblick still und suchte nach Worten.

Jetzt sagt sie ihm, dass sie Kultur erleben und neue Erfahrungen machen will, dachte ich. Jetzt sagt sie Parnell, dass er ihr nichts bedeutet. Ich lächelte still vor mich hin und wartete auf den vernichtenden Schlag.

Doch: »Das ist sehr schmeichelhaft für mich, Parnell, ehrlich«, sagte sie, und ich musste mich beherrschen, dass ich nicht losbrüllte. »Aber dieser Heiratsantrag, weißt du, der kommt so aus heiterem Himmel. Wir gehen ja nicht mal fest miteinander.«

»Ach komm, wir kennen uns schon, seit wir kleine

Kinder waren«, protestierte Parnell. »Versprich mir wenigstens, dass du darüber nachdenkst. Mehr verlange ich gar nicht. Und lass mich regelmäßig zu Besuch kommen. Willst du mir wenigstens das erlauben?«

»Ich muss Daddy fragen. Aber selbst wenn er Ja sagt – und ich weiß nicht, ob er das tun wird –, heißt das nicht, dass ich dich heiraten werde.«

»Gib mir eine Chance, mehr verlange ich ja nicht. Dann wirst du im August bestimmt genauso denken wie ich.«

»Mal sehen, was Daddy dazu sagt«, erklärte Caroline. »Nach dem Abendessen will ich ihn fragen.«

»Du wirst es nicht bereuen«, kam Parnells Antwort.

Aus dem Fenster sah ich, wie Parnell zu seinem Auto ging und wie Amos Tom und Huck festhielt, damit sie nicht hinter Parnell herjagten. Sogar von hinten sah er eingebildet und egoistisch aus. Wenn es auch abscheulich ist, wenn ich das jetzt sage, aber ich glaube, wenn ich in diesem Moment ein Gewehr in der Hand gehabt hätte, wäre ich versucht gewesen, auf ihn zu schießen.

Aber ich habe weder an diesem noch an einem anderen Tag Parnell Caraway auch nur ein Haar gekrümmt.

5

Sympathie hat es zwischen Parnell Caraway und mir von Anfang an nicht gegeben, auch nicht früher, obwohl Parnell, als er älter wurde, immer so tat, als käme er mit allen prächtig aus. Aber das war alles nur Angabe.

Ich erinnere mich an die Zeit, als ich neun war. Ich war mit Amos zu Caraways Lebensmittelladen gegangen, wo wir uns den Nachmittag vertreiben wollten, vielleicht ein paar Comics durchblättern und eine Zuckerstange kaufen. Ich werde so schnell nicht den Anblick der elektrischen Eisenbahn vergessen, die Parnell von seinen Eltern zu Weihnachten bekommen hatte. Sie war auf dem Boden aufgebaut, die Schienen führten zwischen Zucker- und Mehltonnen hindurch und verliefen in einer langen geraden Strecke an den Konservendosen vorbei.

Ein Pulk von Kindern drängte sich um Parnell, der auf dem Boden kniete und die kleinen Züge fahren ließ. Amos und ich stellten uns dazu, um auch einen

Blick zu erhaschen. Wir alle hätten Parnell fürs Leben gern dabei geholfen, das Miniaturdorf aufzubauen, das zu der Bahn gehörte, oder wenigstens einmal den Schalter anzuknipsen, der die kleinen Wagen in Gang setzte.

Mit einem breiten Grinsen im Gesicht musterte Parnell die Kinderschar, eine schwarze Haarlocke fiel ihm in die Stirn. »Ihr rührt hier nichts an, verstanden?«, sagte er. Seine Stimme klang freundlich, aber unter der Oberfläche schwang ein boshafter Ton. »Höchstens, wer mir einen Dollar gibt, den lasse ich vielleicht ein bisschen helfen. Wer nicht zahlen kann, hat Pech gehabt.«

Natürlich gab es niemanden, der einen Dollar verschenken konnte. Paris und Parnell Caraway waren die einzigen Kinder in Indian Creek, die überhaupt Geld zum Ausgeben besaßen. Wir anderen hatten die Taschen voll mit Krimskrams, Murmeln und glatten Steinen, wie man sie oben am Cane Creek fand, aber einen Dollarschein hatte keiner von uns. Und das wusste Parnell auch.

»Lass mich mitspielen, dann helfe ich dir nachher beim Saubermachen«, sagte ich. Es war mir spontan eingefallen, und ich fand, es war ein faires Angebot.

Parnell lachte. »Hab gar nicht gewusst, dass du

Putzfrau bist, Dovey Coe. Ich werd's meinem Vater sagen, wenn er das nächste Mal eine sucht.«

Ich sah Parnell in die Augen. »Der Hellste bist du nicht gerade, Parnell. Ich hab nicht gesagt, dass ich dein Dienstmädchen spiele, ich will nur mal mit den Zügen fahren.«

»Schade, dass sie nicht dir gehören, wie?«, sagte Parnell, immer noch grinsend. Dann beugte er sich wieder über seine Schienen, knipste die Schalter an und die Kinder glotzten mit offenen Mündern und lauerten auf die kleinste Chance zum Mitspielen. Amos war so enttäuscht, dass er ein paar Mal gegen den Eisschrank trat.

»Habt ihr den kleinen Affen immer noch nicht dressiert?«, hatte Parnell gefragt, ohne von seiner Eisenbahn auch nur aufzuschauen. »Oder ist er zu blöd, als dass man ihn zivilisieren kann?«

Ich nahm Amos an der Hand und zog ihn aus dem Laden, bevor ich meinem wilden Drang nachgeben konnte, Parnell eine Dose Erbsen an den Kopf zu werfen.

Bei der Erinnerung daran, wie gemein Parnell sein konnte, bekam ich eine Heidenangst, dass Caroline den Verstand verlieren und den Antrag dieses Jungen annehmen könnte. Dass mir die Aussicht Sorgen machte, dafür gab es mehr als nur ein paar Gründe, und dass ich den Gedanken nicht ertragen konnte, mit Parnell verwandt zu sein – wenn auch nur nach dem Gesetz –, war dabei noch das Geringste. Viel mehr Angst machte mir sein Vorschlag, Amos wegzuschicken. Ich beschloss, mit Daddy zu reden, besonders auch deshalb, weil er Caroline erlaubt hatte, dass Parnell sie regelmäßig besuchen dürfe, wenn sie das wolle.

Es war ein warmer Abend, ein leichter Wind strich sanft über uns hin wie eine Mutter, die ihre Kinder schlafen legt. Daddy saß mit seiner Gitarre auf der Veranda und spielte eins dieser Lieder, bei denen man am liebsten weinen würde, auch wenn man vorher glücklich und zufrieden war. Ich wartete, bis Daddy fertig war, dann fing ich an.

»Ich weiß nicht, Daddy, also ich find's nicht so gut, das mit Parnell und dass er Caroline jetzt regelmäßig besuchen will«, sagte ich geradeheraus wie immer.

Daddy zupfte ein paar Akkorde. »Und warum nicht, Tochter?«

»Du weißt doch, wie Parnell ist, Daddy. Der ist mit Vorsicht zu genießen.«

»Zugegeben, bis Parnell ein erwachsener Mann ist, kann's noch ein Weilchen dauern«, sagte Daddy, und wie es seine Art war, wenn er über eine Sache nachdachte, wog er seine Worte bedächtig. »Aber das hat nichts zu tun mit dem, was ich von der Sache halte. Caroline ist eine erwachsene Frau, und ich denke, es ist ihre Sache, mit wem sie ihre Abende verbringt. Wenn du sechzehn bist, werde ich dir da auch nicht mehr reinreden.«

»Aber, Daddy«, sagte ich und leichte Panik kroch in mir hoch, »was ist, wenn sie Parnell heiratet?«

Daddy lachte. »Dann werden wir wahrscheinlich sonntags mit Homer und Lucy Caraway zu Mittag essen. Kann man glatt den Appetit verlieren, findest du nicht?«

»Ich mein's ernst, Daddy.«

Daddy sah mich lange an. »Scheint tatsächlich so. Also, dann sag mir eins, Tochter, für wie wahrscheinlich hältst du es, dass Caroline nachgibt und den verflixten Parnell heiratet? Er kommt jetzt seit einem ganzen Jahr immer wieder mal vorbei und bis jetzt hat Caroline ihm nicht viel Beachtung geschenkt. Ich denke, sie betrachtet die Sache eher als Zeitvertreib.«

»Es stimmt, was du da sagst, ich weiß«, sagte ich und beugte mich auf meinem Stuhl vor. »Aber ich habe lange darüber nachgedacht, und ich kann mir vorstellen, dass sie auf Parnells Antrag eingeht. Verstehst du, Caroline könnte denken, wenn sie Parnell heiratet, würde er uns Geld schenken und alles, was wir brauchen. Sie könnte denken, dass sie uns einen Gefallen tut.«

»Wie kommst du darauf, dass Parnell uns was schenken würde?«, fragte Daddy mit einer Spur von Schärfe in der Stimme.

»Das hat er Caroline versprochen. Ich hab's gehört. Und, Daddy, wenn Parnell uns dauernd Geld gibt, würde er bald denken, er kann über uns bestimmen, und dann würde er Amos in eins von diesen Heimen schicken und wir würden ihn nie wieder sehen.«

Daddy stellte seine Gitarre an den Stuhl neben sich. Dann blickte er mich empört an, so, als ob ihm das, was er da sah, nicht sehr gefiel. »Ich möchte, dass du gründlich darüber nachdenkst, was du da redest, Tochter.«

»Ich meine doch nur, Daddy, dass Parnell ...«

Daddy unterbrach mich. »Du meinst nur, dass ich ein Mann bin, der sich von Leuten wie Parnell Caraway kaufen lässt. Du meinst nur, dass ich einen anderen mit meinen Kindern tun lasse, was ihm gefällt. Denkst du wirklich so von mir, Tochter?«

Ich war den Tränen nahe. »Nein, Daddy, so denke ich überhaupt nicht!«

Daddy nahm seine Gitarre. »Geh rein, Tochter. Ich glaube nicht, dass ich mich jetzt noch nach deiner

Gesellschaft sehne.« Er zupfte ein paar Töne und achtete nicht mehr auf mich, obwohl ich noch ein paar Minuten sitzen blieb, bevor ich in mein Zimmer ging. Tränen liefen mir über das Gesicht. Es war, als wäre ich für ihn unsichtbar geworden.

Also, ich kam mir vor wie der schlechteste Mensch auf Gottes Erdboden. Je mehr ich darüber nachdachte, desto klarer wurde mir, wie falsch ich die Sache angefangen hatte. Ich hatte mir solche Sorgen um Amos gemacht und was Parnell mit ihm anstellen würde, falls er ihn in die Finger bekäme, dass ich gar nicht daran gedacht hatte, dass Daddy da ein Wörtchen mitzureden hätte. Wir Coes sind stolze Leute, aber für einen Moment hatte ich das vollkommen vergessen. Ich gebe zu, das ist eine große Schwäche von mir: dass ich die Dinge nicht immer gründlich und von allen Seiten bedenke.

Am nächsten Tag war Daddy nicht freundlicher zu mir als am Abend zuvor. Er sah mich beim Frühstück nicht einmal an. Amos machte sich fertig, er wollte mit Tom und Huck auf den Berg gehen und Kaninchenfallen aufstellen. Ich beschloss mitzugehen. Wenn ich mich eine Weile nicht blicken ließe, würde Daddy mich vielleicht vermissen und nächstes Mal freundlicher zu mir sein.

Amos und ich holten ein paar Fallen aus der Scheune und machten uns auf den Weg, Tom und Huck folgten uns dicht auf den Fersen. Dass der Pfad stellenweise sehr steil ist, merke ich normalerweise gar nicht. Ich kann weit hinaufsteigen, ohne dass ich stehen bleiben und eine Atempause einlegen muss. Aber an diesem Tag war mir zumute, als hätte ich einen Sack voll Steine auf dem Rücken. Es waren nicht die Fallen, die so schwer wogen, es war mein schlechtes Gefühl wegen dem, was ich zu Daddy gesagt hatte.

Katie's Knob ist nicht der höchste Berg der Gegend, aber viel fehlt nicht. Man kann ihn aus weiter Ferne sehen. Hauptsächlich Kiefern wachsen hier oben und ihr Duft ist so kühl und frisch wie sonst nirgendwo.

Wenn es mir mal besonders schlecht geht, setze ich mich gern auf das weiche Bett aus Kiefernnadeln unter den Bäumen und atme tief ein, bis ich wieder zu mir komme.

Es war nicht ungewöhnlich, dass Amos auf dem Weg zur Kuppe vorausging. Er war schnell und geschickt, und wenn er etwas im Sinn hatte, führte er seinen Plan gern auf der Stelle aus.

Ich ließ mir eher Zeit und hielt Ausschau nach Spuren, für den Fall, dass ein Puma in der Nähe war. Doch an diesem Nachmittag ließ Amos Tom und Huck vorausrennen, er selbst blieb neben mir. Er hatte keine Ahnung von dem Vorfall zwischen mir und Daddy, aber es war, als wüsste er von meiner traurigen Verfassung. Für Zärtlichkeiten hatte Amos nichts übrig – anders als früher, als er kleiner war –, aber an diesem Tag nahm er ab und zu meine Hand und drückte sie leicht, was ein großer Trost für mich war.

Als wir zurückkamen, saß Mama am Küchentisch und schrieb in ihr kleines Buch. Mama notiert gern verschiedene Dinge, zum Beispiel, was Pastor Bean am Sonntag gepredigt hat oder an welchem Frühlingstag sich die ersten Blumen gezeigt haben. Daddy sagt immer, sie sei eine Historikerin, und noch Jahre später würden ihre Enkel und Urenkel wissen, wie es früher einmal gewesen war, ohne dass sie in die Bücherei gehen und nachlesen müssten.

Die Küche war in glänzendes Sonnenlicht getaucht, goldene Strahlen fielen durch die Vorhänge und ließen den Raum hell und friedlich erscheinen. Amos ging in sein Zimmer, um Fliegenköder zu präparieren, weil er später im Weiher angeln wollte. Ich setzte mich zu Mama an den Tisch und hoffte, sie würde mir einen Rat geben, wie ich Daddys Wohlwollen zurückgewinnen könnte.

Mama klappte ihr Buch zu und legte den Stift weg. »Und? Habt ihr die Fallen aufgestellt?«, fragte sie, aber in ihren Augen stand eine ernstere Sorge.

»Ja«, antwortete ich und rollte mit dem Finger ein Salzkörnchen über den Tisch. »Ich denke, ein, zwei Kaninchen werden wir mindestens fangen. Für die Felle bekommen wir ein bisschen Geld, das können wir zu Carolines Schulgeld beisteuern. Das heißt, wenn sie überhaupt noch vorhat, zum Lehrercollege zu gehen.«

»Das liegt dir wohl schwer auf der Seele?«, fragte Mama.

Ich nickte. »Ja, und ich hab mir's sogar mit Daddy deswegen verdorben. Ich glaube nicht, dass er mir verzeiht, was ich gestern zu ihm gesagt habe. Dass Parnell uns Geld schenken wird, falls er und Caroline heiraten.«

Mama legte ihre Hand auf meine. »Lass deinem Daddy ein bisschen Zeit, Schatz. Ich denke, er weiß wohl, dass du nicht gründlich über die Sache nachgedacht hast. Du weißt, er ist von diesem Antrag auch nicht begeistert. Er möchte, dass Caroline zum College geht.«

»Warum lässt er dann zu, dass Parnell dauernd hier raufkommt?«, fragte ich und zupfte heftig an einem losen Faden in meinem Ärmel.

»Das will ich dir sagen, Schatz. Er erlaubt es einerseits deshalb, weil wir immer versucht haben, euch Kinder so zu erziehen, dass ihr in einem gewissen Alter eure eigenen Entscheidungen treffen könnt, vernünftig und besonnen und unabhängig davon, ob wir mit diesen Entscheidungen einverstanden sind oder nicht. Aber ich vermute, dein Daddy hat noch andere Gründe.«

»Welche anderen Gründe?«, fragte ich.

Mama lächelte. »Als dein Daddy anfing, sich für mich zu interessieren, waren meine Eltern nicht besonders glücklich darüber. Deinen Großvater Caleb haben viele für einen Sonderling gehalten, der immer verrückte Ideen im Kopf hatte. Caleb Coe war berüchtigt, weil er einmal in der Kirche aufgestanden ist und gesagt hat, wir sollten lieber draußen Gottes Schöpfung bewundern, statt eingepfercht in einem muffigen alten Gebäude langweilige alte Lieder zu singen.« Mama lachte bei der Erinnerung an die Szene, dann stand sie auf, ging zum Fenster und schaute über den Hof.

»Dein Daddy war zahm im Vergleich zu Caleb, aber er war doch ein Freidenker. Das waren alle Coe-Jungen, und Mama und Daddy wollten nicht, dass ich mit einem von ihnen was zu tun hatte. Es dauerte zwei Jahre, bis John Coe meinen Daddy so weit überzeugen konnte, dass er mich zu Hause besuchen durfte. Daran erinnert sich dein Daddy wahrscheinlich nur zu gut, deshalb hat er ein bisschen Verständnis für Parnell.«

Ich lehnte mich zurück. »Und du, Mama? Wie denkst du darüber?«

Mama drehte sich zu mir um. »Was ich denke, Schatz, ist unwichtig. Caroline muss da ganz allein einen Entschluss fassen. Natürlich habe ich meine Meinung dazu, aber die behalte ich lieber für mich.«

»Anders als gewisse Leute, die du kennst?«

»Richtig, Liebling«, sagte Mama lachend. »Und in den nächsten Tagen müssen gewisse Leute ganz lieb zu ihrem Daddy sein, wenn sie wieder gut bei ihm angeschrieben sein wollen.«

Es dauerte eine kleine Weile, bis Daddy mich wieder mochte, aber ein paar Abende später, als er seine Gitarre nahm und mich bat, »I Gave My Lord a Cherry« mit ihm zu singen, wusste ich, dass zwischen uns wieder alles gut war. Dieses Lied war immer unser Lieblingslied gewesen, schon als kleines Mädchen habe ich es mit Daddy zusammen gesungen. Als das Lied zu Ende war, umarmte ich ihn und er drückte mich an sich. Kein Mensch wird uns Amos wegnehmen können, dachte ich, solange Daddy und ich da sind.

6

Mrs. Coe, ich weiß nicht, wann ich je so guten Kartoffelsalat gegessen habe. Sie sind mit Sicherheit die beste Köchin von Indian Creek. Aber erzählen Sie meiner Mama nicht, dass ich das gesagt habe!« Parnell Caraway lehnte sich zurück und tupfte sich den Mund mit der Serviette ab. Dann gab er uns durch sein breites Grinsen zu verstehen, dass er als Stammgast mit Mamas gutem Essen hochzufrieden war.

»Das ist nett von dir, Parnell«, antwortete Mama und wischte geflissentlich ein paar Krümel von ihrem Rock. »Aber ich bin sicher, dass das nicht stimmt.«

»Sie müssen nicht so bescheiden sein, Mrs. Coe«, sagte Parnell. »Ein Mann merkt sofort, ob er ein gutes Essen vorgesetzt kriegt. Ist's nicht so, John?«

»Denke schon«, sagte Daddy, während er eine Gabel voll Butterbohnen an den Mund hob. »Ist wahrscheinlich eine Fähigkeit, die den meisten Männern angeboren ist.«

Es passte zu Parnell Caraway, dass er meinen Daddy beim Vornamen nannte. Aber Daddy forderte die Leute ja auch immer dazu auf – »Mr. Coe, das war mein Vater«, sagte er gern, »nenn mich ruhig John.« Aber ich fand es respektlos, wenn ein Siebzehnjähriger mit Älteren so vertraut tat.

Parnell sah über den Tisch, wo Caroline mit dem Löffel ein paar Bohnen auf ihrem Teller umherschob. »Also, ich wette, Miss Caroline kommt nach ihrer Mutter, was das Kochen angeht, hab ich Recht?«

Caroline hob eine Augenbraue, sah Parnell aber nicht an, sondern hielt den Blick gesenkt. »Ein paar Pasteten hab ich schon mal gemacht. Aber was Besonderes sind die nicht geworden.«

»Glaub ihr kein Wort«, sagte Daddy und zwinkerte Parnell zu. »Wenn sie will, kann Caroline ganz gut kochen.«

»Können wir vielleicht mal über was anderes reden als über Kochen?«, fragte ich. »Es ist so ziemlich das langweiligste Thema, das ich mir vorstellen kann.«

Mama runzelte die Stirn, aber ich zuckte nur die Schultern. Schließlich sagte ich nur die Wahrheit.

»Wollte dich nicht langweilen, Dovey«, sagte Parnell. Sein Ton war freundlich, und doch klang etwas mit, als wolle er eigentlich sagen, dass er durchaus nichts dagegen hätte, wenn ich den Mund hielte.

»Worüber würdest du denn gern reden? Weltgeschehen? Mathematik? Baseball?«

Ich bedachte Parnell mit meinem vernichtendsten Blick. »Wenn niemand was dagegen hat, möchte ich lieber rausgehen.«

Mama nickte. Ich trug meinen Teller zur Spüle und blinzelte Amos zu: Komm mit! Zu meiner Überraschung kam auch Caroline.

»Guter Gott«, sagte sie, setzte sich auf die Eingangstreppe und breitete ihren geblümten Rock aus, damit er ihre Beine verdeckte. »Dieser Parnell legt sich ja mächtig ins Zeug.«

»Wessen Idee ist's denn gewesen, dass er praktisch jeden Abend zum Essen kommt?«, fragte ich und setzte mich neben Amos auf die Verandaschaukel. »Meine bestimmt nicht.«

Caroline lachte. »Ich glaube, das war Parnells Idee. Er ist hartnäckig, das muss man ihm lassen.«

Seit Daddy Parnells Besuche bei Caroline erlaubt hatte, nutzte Parnell die Situation gründlich aus. Es war, als ob er bei uns wohnte. Er tauchte am Morgen auf und half Mama beim Unkrautjäten, danach ging er in die Scheune und schaute, was Daddy gerade so machte. Am Nachmittag fuhr er nach Hause und zog sich um, eine Dreiviertelstunde später hörte man, wie sich sein Auto die kurvige Bergstraße heraufquälte, und da wusste man, dass Parnell zum Abendessen kam.

Parnell war unendlich höflich zu Mama und höchst freundlich zu Daddy. Er machte Caroline Komplimente, wann immer er Gelegenheit dazu fand, und er tat sein Bestes, mich zu tolerieren, obwohl ich mein Bestes tat, ihn zu provozieren.

Aus Parnells Verhalten Amos gegenüber war mir eins ganz klar: Parnell hielt Amos für eine Art Monstrum, das aus dem Zirkus entlaufen war. Ich sah es an der Art, wie Parnell Amos' Blick auswich, wenn sie sich auf dem Hof begegneten oder wenn sie am Tisch einander gegenübersaßen. Es war, als glaube Parnell, Taubheit sei ansteckend und man könne sie sich schon durch Augenkontakt einfangen. Nie machte Parnell sich die Mühe, mit Amos zu sprechen, obwohl er inzwischen gemerkt haben musste, dass Amos die Worte von den Lippen ablesen konnte. Wir anderen redeten frei weg mit Amos, Parnell aber brachte nicht einmal *muh* heraus.

Gern hätte ich Daddy darauf aufmerksam gemacht, aber das konnte ich natürlich nicht tun. Ich wollte ihn schließlich nicht noch einmal gegen mich aufbringen. Vielleicht hätte ich mir auch gar nicht so viele Gedanken gemacht, wenn Daddy und Parnell nicht scheinbar gute Freunde geworden wären. Es sah aus, als hätte sich jedes ungute Gefühl, das Daddy gegen Parnell gehabt hatte, in Luft aufgelöst.

Ich hörte Parnell bei jeder Kleinigkeit Daddy um Rat fragen. »Sag mal, John, wie kommt es, dass beim Fahren auf nasser Straße die Bremse blockiert?« Oder: »John, erklär mir eins, meiner Mama ihr Wasserhahn tropft schon seit zwei Monaten, ich kann ihn abdichten, wie ich will, es nützt nichts.« Und mein Daddy, als alter Tüftler, erklärte den Leuten natürlich immer gern, wie sie ihre kaputten Sachen reparieren sollten, und konnte sich eine ganze Weile über dies und jenes auslassen.

»Ist das nicht ein schöner Abend!«, sagte Parnell, als er zu uns auf die Veranda kam. Er streckte die Arme, als würde er die Nachtluft gern an seine Brust drücken. »Deine Mama sollte auch hier draußen sein und sich an dem schönen Sommerabend freuen, Dovey. Willst du nicht reingehen und ihr beim Abwaschen helfen?«

»Wie bitte?« Ich konnte mich kaum beherrschen. Nur die Tatsache, dass Parnell fast dreißig Zentimeter größer war als ich, hielt mich auf meinem Platz. »Du glaubst wohl, du bist jetzt mein Daddy? Du glaubst, du bist hier so was wie der Boss?«

Parnell ließ ein ausgiebiges, arrogantes Lachen hören. »Nein, ich mache nur einen Vorschlag, Dovey.

Du kannst natürlich tun, was du willst. Ich dachte nur, du willst ab und zu mal nett zu deiner Mama sein.«

»Ich sehe nicht, dass *du* besonders nett zu deiner Mama bist«, antwortete ich. »Sitzt hier bei uns rum und redest schlecht über ihr Essen.«

»Oh, Dovey«, sagte Caroline und fiel in Parnells Gelächter ein. Anscheinend amüsierte sie mein Benehmen. »Parnell hat doch nicht schlecht über das Essen von seiner Mama geredet. Er war nur höflich wie ein guter Gast.«

Ich stand auf. »Auf wessen Seite stehst du, Caroline?«

»Wir führen hier keinen Krieg, Dovey«, sagte Caroline in ruhigem Ton, der nach meiner Erfahrung bedeutete, dass sie allmählich ärgerlich wurde. »Ich will dir nur was klar machen.«

Mir blieb der Mund offen stehen. Caroline Coe setzte sich für Parnell ein! Es war, als wäre sie erst fünfzig Meilen in die eine Richtung gegangen, hätte sich dann blitzschnell umgedreht und ginge jetzt in die andere.

Parnell nutzte die Gelegenheit und setzte sich auf die Stufe neben Caroline. »Kleine Schwestern«, sagte er lachend, »die regen sich über die kleinste Kleinigkeit auf, findest du nicht?«

Mein Gesicht wurde heiß. Mit Parnells Schwester Paris verglichen zu werden, das konnte ich kaum ertragen.

Obwohl wir im Alter nicht weit auseinander lagen, hatten wir uns nie leiden können. Paris ging mit zwei anderen Mädchen aus unserer Schule, mit Lorelei Parks und Rhondetta Simmons, und sie beschäftigten sich die meiste Zeit mit der neuesten Mode und mit der Frage, welches Mädchen aus Indian Creek das glänzendste Haar hatte. Ich jedenfalls hielt nicht viel von Paris.

Caroline aber schien nichts gegen das Thema »kleine Schwestern« zu haben. »Gott, ich kann dir gar nicht sagen, wie oft Dovey ...« Ich knallte die Fliegentür hinter mir zu, damit ich dieses Gespräch nicht weiter mit anhören musste. Ich ahnte, in welche Richtung es gehen würde.

Amos kam hinter mir her in die Küche, wo Mama noch immer beim Abspülen war. Es brachte mich fast um, ein Geschirrtuch zu nehmen und ihr zu helfen, aber wir Coes sind nicht so erzogen, dass wir herumsitzen, während ein anderer die Arbeit tut. Amos sah mich finster an, als glaube er, ich befolge Parnells Anweisungen.

»Mensch, du solltest mich aber besser kennen«, sagte ich und sah ihn genauso finster an. Dann warf ich ihm mein Geschirrtuch zu und holte mir ein anderes.

»Besser kennen als was, Miss Dovey?«, fragte Mama, während sie drei leere Teller und den Brotkorb an mir vorbeibalancierte.

»Parnell war draußen und hat mir gesagt, ich soll reinkommen und dir helfen, und jetzt glaubt Amos, ich würde tatsächlich Parnells Befehl befolgen.«

Mama stellte ihre Ladung auf den Tisch neben der Spüle. »Finde ich aber nett von Parnell, dass er an so etwas denkt.«

Ich zog mein Geschirrtuch so lang, wie der Tisch breit war. »Wenn Parnell so wahnsinnig nett ist, sollte er selber hier sein und helfen, finde ich.« Ich drehte mich um, wiederholte meine Bemerkung für Amos und er lachte sich halb tot.

Amos und ich verbrachten fast eine halbe Stunde mit dem Geschirr und halfen Mama spülen, abtrocknen und aufräumen.

Die ganze Zeit betete ich, dass Parnell nicht plötzlich in der Küche auftauchen und auf die Idee kommen würde, dass ich seine Anordnungen ausführte. Als ich aber wieder auf die Veranda kam, um mal nach den beiden zu schauen, wäre es mir lieber gewesen, Parnell wäre doch in die Küche gekommen.

Es war kein schönes Bild, das ich da auf der Veranda sah. Oh, ja, die Sterne leuchteten, die Grillen zirpten ihre kleine Melodie und der Sommerwind fächelte einen wunderbaren Duft nach Geißblatt über den Abend. Aber die Freude an all dem wurde verdorben durch den Anblick von Parnell Caraway, der meiner Schwester den Arm um die Schultern gelegt hatte.

»Du glaubst nicht, Liebes, was für einen schönen Tag wir uns in Asheville machen werden«, sagte Parnell. »Ich führe dich in ein Restaurant, das dir sehr gefallen wird. Da verkehren nur die ganz Vornehmen.«

Ich schwöre, dass mir in diesem Moment das Herz bis in die Kniekehlen sank. Es war also passiert. Parnell hatte doch einen Weg in Carolines Herz gefunden. Da saß ein Mädchen, dessen größter Traum es war, von zu Hause wegzugehen, um das aufregende Leben in der Großstadt, in Restaurants und unter kultivierten Menschen kennen zu lernen. Ich weiß nicht, wie Parnell es geschafft hatte, diese Sehnsucht in ihr zu entdecken, aber sobald er darauf gestoßen war, zog er seinen Vorteil daraus. Und Caroline sah nicht, dass man auf bessere Art aus unserer Stadt wegkommen konnte als in Parnells Auto. In meinem Kopf pochte es. »Caroline, hast du den Verstand verloren?«, rief ich. »Du gehst nicht mit so einem wie Parnell Caraway nach Asheville!«

Caroline lachte nur. Sie sah mich über die Schulter an und sagte: »Dovey, du bist ein Kind. Du bist zwölf Jahre. Aber irgendwie bildest du dir ein, du hättest die Aufsicht über diese Familie, du sagst jedem, was er zu tun hat, du führst Amos an der Hand, du mischst dich in alles ein. Also, eins will ich dir sagen: Das hier geht dich überhaupt nichts an. So, und jetzt verschwinde.«

Wir Coes lassen uns durch harte Worte nicht in unseren Gefühlen verletzen, aber ich muss zugeben, dass ich zusammenzuckte wie nach einem Wespenstich, als Caroline so mit mir sprach. Eine ganze Minute sah ich sie an, bevor ich kehrtmachte und ins Haus ging, aber ich sage euch, es war, als hätte ich eine Fremde gesehen.

7

Ich fing an, über das Armsein und Reichsein nachzudenken. Die meisten Menschen halten nämlich Geld für das A und O, sie glauben, Geld sei die Garantie für ein glückliches Leben. Nicht, dass ich etwas gegen Geld hätte. Es hat schon so manche Gelegenheit gegeben, da hätte ich gern ein paar Münzen in meiner Tasche klimpern gehört. Aber ich bin nicht überzeugt, ob Reichsein einen Menschen zufrieden macht. Und ich glaubte auch damals nicht, dass es Caroline zufrieden machen würde.

Die meisten Leute in Indian Creek waren arm, und selbst die Reichen wären wahrscheinlich nur mittelmäßig begütert, wären sie in Städte wie Charlotte oder Winston-Salem gezogen. Aber ich habe nie gehört, dass jemand in Indian Creek gehungert hätte, und die meisten Eltern konnten ihren Kindern einmal im Jahr neue Schuhe kaufen.

Wir Coes gehörten zu den Ärmeren, aber wir kamen trotzdem gut aus. Wir hatten ein schönes Haus, das mein Großvater Caleb vor vielen Jahren gebaut hatte, und darauf konnten wir stolz sein, auch wenn es manchmal ein bisschen durchs Dach regnete. Die Küche war so groß, dass wir uns alle darin aufhalten konnten, ohne einander auf die Zehen zu treten, und für mich gab es nichts Schöneres, als mich an einem Wintertag vor dem Herd in der Ecke aufzuwärmen. Mama warnte mich immer, ich werde noch mal in Flammen aufgehen, weil ich mich so dicht ans Feuer setzte, aber ich hörte nicht auf sie.

Unser Haus hatte drei Schlafzimmer, und es gab genug Leute, die drei Schlafzimmer für Luxus hielten. Viele Kinder in der Schule mussten sich ein Zimmer mit drei oder vier ihrer Geschwister teilen und ein paar schliefen in demselben Zimmer wie ihre Eltern. Aber Großvater Caleb war ein Mann gewesen, der seine Privatsphäre schätzte, deshalb hatte er ein Haus gebaut, in dem die Menschen sich ausbreiten konnten. Mamas und Daddys Schlafzimmer war neben der Küche, und die Zimmer, die Amos, Caroline und mir gehörten, waren neben dem Wohnzimmer. Ich hatte ein Zimmer zusammen mit Caroline, was nicht weiter schlimm war, nur, dass Caroline einen Ordnungsfimmel hatte und sich immer über mein Durcheinander aufregte. Amos als einziger Junge hatte sein eigenes Zimmer, aber wenn er zu Hause war, hielt er sich gern mitten im Familiengetümmel auf, deshalb fand man ihn meistens in der Küche.

Die Küche war auch der Raum, in dem wir eine Menge Lebensmittelvorräte aufbewahrten. Jedes Frühjahr pflanzten wir im Garten Erbsen, Bohnen, Tomaten, Mais und Kartoffeln an – und alle möglichen anderen Sachen, die ich wahrscheinlich vergessen habe. Caroline und ich mussten Mama beim Einmachen helfen, wenn Erntezeit war. Wir hatten einen Keller, in dem wir Kartoffeln lagerten, und eine Speisekammer neben der Küche mit Regalen für Einmachgläser.

Wir hielten Hühner und zwei Milchkühe, Annie und Bess, und damit hatten wir genug Eier, Milch und Butter. Es reichte sogar für Eis bei besonderen Anlässen im Sommer, am vierten Juli zum Beispiel. Wir hatten auch Schweine, aber über diesen Punkt gab es Auseinandersetzungen. Das lag hauptsächlich an mir, und die, die mich gut kannten, überraschte das nicht.

Das Problem tauchte auf, als ich mich mit den Schweinen anfreundete und sie Henrietta, Scarlett, King Edward und Ralph nannte. Wer Vieh zum Schlachten aufzieht, wird bestätigen, dass das ein schwerer Fehler von mir war. Gib niemals einem Tier einen Namen, wenn dein Daddy vorhat, es zu töten!

Man kann an einem Tier sehr hängen, besonders an einem Schwein.

Schweine sind sehr klug, manche Leute halten sie für intelligenter als Hunde. Sie kommen, wenn man sie ruft, und sie lassen sich leicht Kunststücke beibringen. King Edward war in dieser Richtung besonders begabt. Ich glaube auch, dass Schweine fast alles verstehen können, wenn man eine Weile mit ihnen redet und ihnen Gelegenheit gibt, unsere Sprache zu lernen.

Ich kam also auf die Idee, einen Schweinezirkus zu eröffnen und fünf Cent fürs Zuschauen zu verlangen. Die eine Hälfte des Geldes wollte ich für mich behalten, und die andere wollte ich Mama geben, damit sie sich Stoff für ein neues Kleid kaufen konnte, das sie dringend brauchte. Zuvor aber wollte ich Mama um alte Stoffreste bitten, damit ich Schweinekostüme machen konnte mit kleinen glitzernden Pailletten darauf.

Eines Abends nach dem Essen beschloss ich, Mama und Daddy meinen Plan zu erklären, und rechnete mit heller Begeisterung. Das Erste, was Daddy nach einem Riesenlachanfall sagte, war: »Wann willst du diesen Zirkus eröffnen? Am besten jedenfalls vor dem ersten Frost, weil die Schweine geschlachtet werden, sobald es kalt wird.«

Natürlich war mir klar gewesen, dass die Schweine früher oder später geschlachtet werden müssen, aber diesen Gedanken hatte ich in den hintersten Winkel in meinem Kopf gedrängt, wo er mir nicht in die Quere kam.

Jetzt dachte ich zum ersten Mal daran, dass King Edward, Scarlett und die anderen in Kürze auf dem Frühstückstisch landen würden, und diese Vorstellung riss mich fast entzwei. Ich sah ihre kleinen Augen vor mir, die kein bisschen tückisch waren, wie manche Leute behaupten. Und ich dachte daran, wie sie auf ihren kleinen Schweinefüßen angerannt kamen, um mich zu begrüßen, wenn ich morgens in den Stall kam.

»Daddy«, sagte ich, »ich finde, wir sollten die Schweine lieber nicht töten. Ich habe so viel mit ihnen trainiert, ihr Fleisch ist bestimmt ganz zäh. Ich glaube nicht, dass diese Schweine noch gutes Fleisch liefern.«

Daddy lehnte sich auf seinem Stuhl zurück, seine Augen funkelten vor Belustigung. »Was meinst du, sollten wir mit den Schweinen anfangen, Tochter? Vieh füttern, das uns nichts einbringt, so was können wir uns nicht leisten.«

»Ich sag dir, Daddy, der Zirkus wird uns eine Menge Geld einbringen.«

Daddy nickte und dachte gründlich darüber nach. »Wie oft, glaubst du, werden die Leute fünf Cent ausgeben, um ein Schwein durch einen Reifen springen zu sehen? Wer das einmal gesehen hat, der hat wahrscheinlich für den Rest seines Lebens genug davon.«

Da hatte Daddy Recht, aber so leicht wollte ich nicht aufgeben. »Wir könnten ihnen beibringen, Trüffel zu suchen. Ich hab gehört, die Leute im Norden zahlen viel Geld für so was.«

»Was du dir so ausdenkst, Tochter.« Daddy lachte. »Nein, ich fürchte, im Herbst sind die Schweine Speck.«

Damit war das Thema für diesen Tag erledigt, aber ich setzte mich bei jeder passenden Gelegenheit immer wieder für die Schweine ein. Für Henrietta, Scarlett, King Edward und Ralph war es natürlich zu spät.

Ich kann nur sagen, dass ich seitdem keinen Speck mehr esse, obwohl es mir schwer fällt.

Wenn Mama Hühner schlachtet, bringt mich das nie besonders aus der Fassung, das gebe ich zu. Sich für ein Huhn stark zu machen ist schwer.

Unser Geld kam von hier und von da. Daddy hatte meistens etwas zum Reparieren, und wenn es auch nicht viel einbrachte, weil ein Großteil der Leute nicht viel Geld zum Bezahlen hatte, war es immerhin eine ziemlich regelmäßige Einnahmequelle. Daddy geht nicht in die Kirche, aber, sagt Mama, er tut seine Christenpflicht, indem er Jobs annimmt, von denen er weiß, dass er nie dafür bezahlt wird.

Caroline trug zum Unterhalt bei, indem sie für Bridie Nidiffer nähte und andere kleine Arbeiten erledigte. Bridie Nidiffer war alt und ging vornübergebeugt, ihre Kinder und Enkelkinder waren aus den Bergen hinunter in die Stadt gezogen, um dort Arbeit zu suchen.

Für Bridie zu arbeiten war nicht gerade die höchst bezahlte Stelle in der Stadt, aber es brachte jede Woche ein bisschen zusätzliches Geld ein und ein bisschen Zusätzliches half immer.

Mama, Amos und ich leisteten unseren Beitrag mit dem Sammeln von Wurzeln und Kräutern, die wir an Ärzte in Wilkesboro und Hickory verkauften. In unserer Gegend wuchsen alle möglichen Pflanzen und Heilkräuter: Kamille, Fingerhut, Löwenzahn und – das Beste von allem – Goldsiegel. Mit Goldsiegel konnte man richtig reich werden, aber er war schwer zu finden, und wenn man doch welchen fand, durfte man nicht zu viel davon pflücken, damit er immer wieder nachwuchs. Mama sagt, das Problem ist, dass die meisten Leute gierig sind, und wenn sie erst mal eine Stelle gefunden haben, rotten sie den Goldsiegel dort vollständig aus.

Von uns dreien war Amos der Beste im Suchen von Wurzeln und dergleichen. Nachdem Mama ihm gezeigt hatte, wonach er Ausschau halten sollte, verbrachte er seine Nachmittage auf dem Berg und suchte Pflanzen. Amos war für sein Alter groß und kräftig und er konnte Stunden um Stunden mühelos klettern und wandern. Oft streifte er auch den ganzen Tag durch die Wälder und deshalb hatte Daddy Tom und Huck für ihn angeschafft. Sie würden ihn warnen, falls irgendwo Gefahr drohte.

Soweit ich es beurteilen konnte, hatten Tom, Huck und Amos eine eigene Sprache erfunden, in der sie sich verständigten. Wenn einer der Hunde etwas sah, worauf er Amos aufmerksam machen wollte, steckte er die Schnauze in Amos' Hand und nickte mit dem Kopf in die Richtung, die ihm so interessant erschien.

Amos hatte seinerseits eine Reihe von Signalen, mit deren Hilfe er mit Tom und Huck redete. Ich erinnere mich an einen Nachmittag, als ich mit Amos auf Katie's Knob war, um nach Weidenrinde zu suchen, die gut zur Linderung von Schmerzen und für alles mögliche andere ist. Amos klatschte dreimal in die Hände und Tom und Huck rannten davon.

»Willst du die Hunde verscheuchen?«, fragte ich Amos. »Schade, ich glaube nämlich nicht, dass dir Daddy noch mal welche kauft, wenn du die hier wegjagst.«

Amos grinste, er rollte die Augen, um mir zu sagen, was er von meinen Witzen hielt. Kurz darauf waren Tom und Huck wieder neben uns und ebenso schnell waren sie wieder weg. Amos nickte in die Richtung, in die sie gelaufen waren, wir folgten ihnen fünfzig Meter durch den Wald und holten sie an einer Bachwindung ein, wo alle möglichen Kräuter und Blumen wuchsen. Wenn wir hier auch keine Weidenrinde fanden, entdeckten wir immerhin eine schöne Stelle mit pflückreifem Fingerhut.

Ich fand, wir Coes hatten alles, was wir auf dieser Welt brauchten. Manche mochten uns für arm halten, aber das war deren Problem. Wir hatten Geld gespart, um Caroline zum College zu schicken, und das ist mehr, als so manche reiche Familie in der Stadt für ihre Kinder getan hat. Parnell Caraway jedenfalls würde so bald nicht seine Taschen packen und Indian Creek verlassen, um eine höhere Schule zu besuchen. Und Caroline auch nicht – falls er seinen Kopf durchsetzte.

Meiner Meinung nach war Parnell ein erstklassiges Beispiel dafür, dass Reichtum einen Menschen nicht automatisch zufrieden macht. Parnell besaß so ungefähr alles, was er sich wünschen konnte, und sogar ein bisschen mehr. Er hatte Seidenhemden und zehn Paar Schuhe, einen echten Cowboyhut aus San Antonio, Texas, und ein Auto, das ihm sein Vater gebraucht gekauft hatte. Aber trotz der vielen Sachen, von denen sein Leben voll war, lief er herum und suchte immer wieder neue Glanzpunkte für seine Sammlung, und Caroline war einer dieser Punkte auf seiner Liste.

Eine Zeit lang kam es mir in diesen ersten Augusttagen so vor, als würden alle, die ich kannte, unter einem Zauberbann stehen – außer Amos und ich natürlich. Und Caroline, also, wie soll ich sagen, Caroline schwebte durch die Tage, als würde sie jeden Moment abheben. Das deutlichste Bild, das ich aus dieser Zeit von ihr habe, ist ihr langes Haar, das aus dem Fenster von Parnells Auto wehte, wenn die beiden die Straße hinunter nach Ashville fuhren. Sie lebte das großartige Leben ihrer Träume und Mama und Daddy ließen sie. Oh, ich hatte Mama die Hände ringen sehen, wenn Caroline in diesem Auto wegfuhr, aber sie blieb ihrem Vorsatz treu und mischte sich nicht in Carolines Angelegenheiten ein. Was mich angeht, ich fand, dass diesem Schwachsinn ein Ende gesetzt werden sollte, aber ich hatte ja meine Meinung im Juli schon gesagt und niemand schien etwas darauf zu geben.

Parnell wertete Carolines verändertes Verhalten ihm gegenüber als Sieg. Ich konnte es kaum ertragen, ihn anzusehen. Er dagegen ergriff jede nur mögliche Gelegenheit, mich allein zu erwischen und zu piesacken, jetzt, wo er glaubte, diesen kleinen Privatkrieg gewonnen zu haben.

Eines Nachmittags, Caroline half Mama mit dem Abendessen und ich saß Parnell auf der Veranda gegenüber, wandte er sich an mich. Ich war gerade in *Robinson Crusoe* vertieft, das ist eine sehr gute Geschichte von Mr. Daniel Defoe.

»Wozu liest du so viele Bücher, Dovey?«, fragte er mich, fuhr mit der Hand durch sein seidiges dunkles Haar und versuchte, einen Blick auf sein Spiegelbild im Fenster zu erhaschen. »Warum bist du nicht in der Küche und lässt dir zeigen, wie man ein gutes Abendessen macht, damit du mal einen Mann bekommst?«

»Vielleicht will ich mal gar keinen Mann«, sagte ich, ohne von meinem Buch aufzusehen.

»Na ja, das wär vielleicht gar nicht verkehrt, wenn man's recht bedenkt. Könnte mir vorstellen, dass sich so leicht keiner für dich erwärmt. Schade, dass du nichts von Carolines gutem Aussehen abbekommen hast.«

»Was geht dich das an, Parnell?«, fragte ich und sah ihn böse an.

»Geht mich gar nichts an. Ich hab nur überlegt, ob's einen Grund dafür gibt, dass du dir nie mal mit dem Kamm durchs Haar fährst. Oder ab und zu ein Kleid anziehst.«

»Vielleicht hab ich einfach Angst, du könntest deinen Schwachkopf verlieren, wenn ich mich hübsch mache, und mir zu Füßen fallen und mich anhimmeln«, sagte ich. »Du wirst jedenfalls ein neues Mädchen brauchen, in das du dich verlieben kannst, wenn Caroline erst wieder bei Sinnen ist.«

Ich sah, dass ich ins Schwarze getroffen hatte.

»Du bist ja verrückt, Dovey, wenn du auch nur eine Minute glaubst, ich könnte mich für dich interessieren. Und Caroline wird ihre Meinung über mich nicht ändern, das kann ich dir sagen. Sie weiß genau, was gut für sie ist.«

»Was gut für sie ist, darüber kann man ja unterschiedlicher Meinung sein, Parnell, wie?«, sagte ich, dann widmete ich mich wieder meinem Buch.

Parnell stand auf, um ins Haus zu gehen. »Werd bloß nicht frech, Dovey Coe«, sagte er und seine Stimme war leise und betont ruhig. »In dem Punkt hab ich nämlich nicht gerade viel Geduld.« Lautstark klappte die Tür hinter ihm zu.

Ich ließ mein Buch sinken, streckte die Beine aus und dachte nach. Wenn es um arm und reich ging, so standen Parnell und seinesgleichen auf der anderen Seite als wir Coes, so viel war sicher. Und meiner Meinung nach hätte er bleiben sollen, wo er hingehörte.

8

Es war an einem Freitag beim Abendessen, dass Parnell sich in ernsthafte Schwierigkeiten brachte. Er und Daddy hatten über dieses und jenes ihre Witze gerissen und zur allgemeinen Belustigung herumgealbert, als Parnell seine verhängnisvollen Worte fallen ließ.

»Jetzt mal ehrlich, John«, sagte er und wischte sich eine Lachträne aus dem Auge, »hast du tatsächlich geglaubt, Caroline würde zum Lehrercollege gehen? Oder hast du mir das nur vorgemacht?«

Daddy warf Parnell einen merkwürdigen Blick zu. »Na, na, Parnell, du sagst das, als hätte sie ihre Pläne schon längst geändert. Soweit ich weiß, haben die in der Schule noch immer mein Geld, ich denke also, *irgendjemand* wird wohl zum College gehen.«

Parnell klatschte sich aufs Knie und lachte schallend. »Guter Gott, John, merkst du denn nichts? Caroline geht nirgendwohin.«

»Was redest du da, Parnell?«, fragte Caroline, die ihm gegenübersaß, und in ihrer Stimme lag noch immer ein bisschen Liebe. »Wir haben nie was davon gesagt, dass ich nicht zum College gehe. Darüber haben wir überhaupt nicht gesprochen.«

»Meine Güte, Caroline, Schatz, sei vernünftig«, sagte Parnell, wobei er sich um etwas mehr Ernsthaftigkeit bemühte. »Es hat doch keinen Sinn, dass du da jetzt noch hingehst. Du wirst nicht Lehrerin. Du wirst Mrs. Parnell Caraway und kannst jeden Tag in Reichtum und Luxus leben.«

Vielleicht, wenn Parnell es dabei belassen hätte, vielleicht, wenn er und Daddy den ganzen Abend geblödelt und weiterhin ihre Witze gerissen hätten, vielleicht hätte sich die Situation von selbst wieder entspannt. Aber Parnell spürte nicht, wo die Grenze war, und an diesem Abend war er in einer Stimmung, die ihn über alles und jedes lachen ließ.

»Außerdem, Caroline«, sagte er und fing wieder zu kichern an, »hast du das wirklich ernst gemeint? Dass du Lehrerin werden willst? Ich komm nur drauf, weil ich nie sehe, dass du mal freiwillig ein Buch in die Hand nimmst. Ich bin nicht mal sicher, ob du lesen kannst.«

Und genau hier zeigte sich Parnells eigentliches Wesen.

Red nur weiter, Parnell, dachte ich und klatschte ungefähr einen Zentimeter Butter auf mein Brötchen. Zum ersten Mal seit Wochen sah ich einen schwachen Hoffnungsschimmer. Parnell hatte einen schweren Fehler gemacht, dass er so mit Caroline redete. Wenn sie allein nur nach ihrem hübschen Gesicht beurteilt wurde, konnte sie sehr empfindlich reagieren, das habe ich schon gesagt. Caroline hatte ihren Stolz und den hatte Parnell verletzt. Wahrscheinlich dachte er, er könne sich mit Süßholzraspeln aus der Affäre ziehen, aber da hatte ich meine Zweifel.

Deshalb überraschte es mich nicht, dass Caroline sofort damit einverstanden war, als Daddy am nächsten Tag ein Abschiedsfest für unsere zukünftige Lehrerin vorschlug. Oh, ich sage euch, bei dieser Neuigkeit tanzten Amos und ich durch das ganze Haus, denn für uns hieß das: Caroline hatte Parnell Caraway aufgegeben und kehrte zu ihren alten Träumen zurück. Wenn Caroline die Stadt verließ, würde sie es aus eigener Entscheidung heraus tun und nicht wegen eines Nachmittagsausflugs in Parnell Caraways Auto.

Noch am selben Tag bekam ich einen weiteren Beweis. Als Caroline den Tisch für das Abendessen deckte, bemerkte sie beiläufig: »Die Leute halten mich für gutherzig und wahrscheinlich stimmt das auch, aber das heißt nicht, dass ich nicht wütend werden kann, wenn einer solchen Schwachsinn daherredet.«

»Sprichst du von Mr. Parnell Caraway?«, fragte ich und gab ihr das Besteck, ein breites Grinsen flog über mein Gesicht.

»Ich glaube, du weißt genau, wen ich meine«, antwortete Caroline und grinste ebenfalls.

Trotzdem blieb Caroline freundlich und liebenswürdig zu Parnell. Er kam nach wie vor jeden Tag zu Besuch, und die beiden benahmen sich, als hätte es dieses Gespräch beim Essen nie gegeben.

»Das Fest wird dir bestimmt gefallen«, sagte sie eines Nachmittags zu Parnell, als er auf der Verandastufe saß und uns zusah, wie wir verwelkte Petunien aus Mamas Beet rissen. »Ein Fest am Ende des Sommers, das ist doch immer was Besonderes, findest du nicht auch? Hoffentlich macht Mama Erdbeereis. Ich glaube, das wird das beste Sommerabschlussfest, das es je gegeben hat!«

Mir fiel auf, dass Caroline das Fest mit keinem Wort als ihr Abschiedsfest bezeichnete. Sie führte etwas im Schilde, daran zweifelte ich nicht, ich konnte mir nur nicht denken, was.

»Klingt gut«, nickte Parnell und kratzte mit einem Zahnstocher ein bisschen Dreck unter seinen Fingernägeln hervor. »Aber iss lieber nicht zu viel Eis. Ich möchte nicht, dass du deine hübsche Figur verlierst.«

»Mach dir darüber mal keine Gedanken, Parnell«, kam Carolines vergnügte Antwort. »Gut aussehen will ich, so lange es geht.«

»Warum sagst du immer solche Sachen, Parnell?«, fragte ich und warf ihm einen Schwung verwelkter Blumen vor die Füße. »Caroline ist doch nicht deine Preissau, die du zur Ausstellung bringst, damit du ein Band für sie gewinnen kannst.«

Caroline klopfte mir auf die Schulter. »Versteh Parnell nicht falsch, Dovey. Außerdem, wenn ich Parnells Preissau wäre, würde er mich vermutlich schlachten wollen, bevor ich zu dick werde, um durch die Haustür zu passen.«

Ich schüttelte den Kopf. Ich kannte Caroline lange genug, um zu wissen, dass diese Fröhlichkeit nicht echt war. Aber ich durchschaute nicht, was sie vorhatte.

Bald befasste ich mich intensiver mit den Vorbereitungen für das Fest und dachte nicht mehr so viel über die Beziehung zwischen Caroline und Parnell nach. Wir legten den Termin auf einen Tag, kurz bevor Mama und Daddy Caroline zur Schule bringen würden. Luther McDowell und Gaither Sparks sollten für Musik sorgen, damit die, die Lust hätten, tanzen könnten. Mama und MeMaw würden einen Schwung Hühner braten, dazu sollte es Krautsalat geben, Brötchen, Gemüse und was die Leute sonst noch zum Essen mitbringen würden.

Eine Woche vor dem Fest setzten sich Mama und Caroline an den Küchentisch und machten eine Liste, wer alles eingeladen werden sollte.

Caroline kaute auf ihrem Bleistift und überlegte laut. »Natürlich laden wir die McDowells ein und die Sparkses, weil Luther und Gaither Musik machen. Und Patty Brown und ihre Familie, damit Dovey mit Wilson tanzen kann.«

»Ich tanze mit niemandem, höchstens mit Daddy, wenn er mich auffordert«, sagte ich, denn ich wollte sie von der Vorstellung abbringen, Wilson Brown und ich würden den ganzen Abend miteinander tanzen.

Mama lächelte. »Tanz, mit wem du willst, Dovey, aber ich erwarte, dass du an deine guten Manieren denkst, wenn du einen unerwünschten Kavalier abweist«, sagte sie in diesem typischen Ton, in dem sie mir immer damenhaftes Benehmen beibrachte. »Caroline, Liebes, schreib die Byerses und die Mitchells auf. Sie sind immer sehr gut zu dir gewesen. Oh, und vergiss nicht Pastor Bean und Coreen Lovet.«

Caroline notierte mit ihrer sorgfältigen Schrift alle Namen. »Jetzt weiß ich niemanden mehr«, sagte sie, als sie fertig war.

»Was ist mit Parnell und seiner Familie?«, fragte Mama, überrascht, dass Caroline sie nicht längst vorgeschlagen hatte.

»Meine Güte, wie kann ich nur den guten Parnell vergessen«, sagte Caroline mit einem verschmitzten Ausdruck im Gesicht. Sie schrieb zuunterst den Namen Caraway auf ihre Liste.

»Paris laden wir nicht ein!«, rief ich. Ich hatte keine Lust, mich einen Abend lang mit Paris Caraway abzugeben, und auch auf Homer, Lucy und Parnell hätte ich gern verzichten können. »Damit ist alles ruiniert, Mama«, protestierte ich. »Wenn die Caraways kommen, stehen die anderen doch nur rum, schauen dauernd auf den Boden und gehen früh wieder nach Hause.«

»Nein, Dovey, das glaube ich nicht«, erwiderte Mama. »Außerdem kann ich mir nicht recht vorstellen, wie wir sie übergehen sollen, wo doch Parnell den Sommer über mehr oder weniger hier gewohnt hat. Es wäre nicht in Ordnung, wenn wir sie nicht einladen würden.«

»Können wir dann wenigstens Paris weglassen?«, fragte ich.

Mama lachte. Sie hielt meine Frage für einen Witz, aber ich hatte es ernst gemeint.

In der nächsten Woche brachten Amos und ich viele Stunden mit Vorbereitungen zu. So weit meine Erinnerung zurückreichte, hatten wir Coes noch nie ein Fest veranstaltet, wenn man die Ostersonntage nicht zählte, an denen Großeltern, Tanten, Onkel und Cousinen nach der Kirche zum Essen kamen. Oder den Weihnachtsabend, wenn miteinander Apfelwein getrunken wurde, wenn Popcorn und Plätzchen gegessen wurden. Was Amos und ich über das Feiern von Festen wussten, hatten wir hauptsächlich aus Büchern.

Am nützlichsten könnten wir uns machen, meinte Daddy, wenn wir die Scheune sauber machten, damit er mit der Bühne für Luther und Gaither anfangen könnte. Ich hielt mich gern in der Scheune auf, weil es da immer gut roch – nach Heu, das auf der Tenne gestapelt lag, und nach Kerosin, mit dem Daddy seine Werkzeuge reinigte. Diese Gerüche erinnerten mich immer an die Zeit, als sich noch niemand darum gekümmert hatte, ob ich mich wie eine Dame benahm oder nicht, als ich jeden Tag stundenlang zugesehen hatte, wie Daddy Sachen reparierte, als ich seine kleine Helferin war.

Am Tag vor Carolines Fest war die Scheune ausgefegt, Daddys Werkzeuge und Geräte hatte ich mit Amos ordentlich an die Seite geräumt und mit alten Decken zugehängt, damit der Anblick nicht störte. Es gab nicht mehr viel zu tun, außer den Raum zu dekorieren.

Wäre ich in diesem Punkt etwas mädchenhafter gewesen, wäre das jetzt wahrscheinlich ganz hilfreich gewesen. Mit ein bisschen Erfahrung in damenhaften Beschäftigungen hätte ich Vorhänge für die Fenster nähen können oder so.

Schließlich kam Amos auf die Idee, Papierketten zu machen und sie in festlichen Girlanden durch den ganzen Raum zu hängen. Wir holten uns einen Haufen buntes Papier und alte Comics, die wir schon so oft gelesen hatten, dass wir sie hätten nachzeichnen können, und schnitten alles in Streifen.

»Das wird vielleicht ein Anblick!«, sagte ich zu Amos, als ich meiner Kette einen neuen Ring anhängte. Sie reichte schon durch die halbe Scheune.

Amos nickte, dann hielt er einen Finger hoch: Warte mal. Seine Papierkette hinter sich herziehend, lief er zu dem kleinen Raum, in dem Daddys Arbeitstisch und sein Stuhl standen, und machte die Tür zu. Nach ein paar Augenblicken tauchte er wieder auf, von Kopf bis Fuß die Papierkette um den Körper geschlungen. Er sah aus wie ein geschmückter Weihnachtsbaum.

»Hey, du bist der reinste Clown!«, sagte ich und bewunderte sein Werk.

»Wenn er nicht aufpasst, werden viele ihn eher für einen Idioten halten.«

In der Tür stand Parnell, die Daumen unter die Hosenträger gehakt, und lächelte auf unsere kleine Darbietung herab. »Viele tun das wahrscheinlich längst«, sagte er. »Hab selber schon allerhand gehört. Zum Beispiel, dass er früher rumgeschlichen ist und bei den Leuten die Hühner umgebracht hat. Warum, meinst du, hat er das gemacht?«

Ich war in diesem Moment nur froh, dass Parnell *mir* ins Gesicht sah und nicht Amos. Es war mir lieber, wenn Amos von diesem Gespräch nichts mitbekam.

»Wenn du solche Schauermärchen glaubst, bist du selber verrückt«, sagte ich.

Ich vertiefte mich wieder in meine Arbeit und tat, als hätten mich seine Worte nicht getroffen. »Du solltest keine Gerüchte verbreiten. Die kommen irgendwann zurück und beißen dich in den Hintern.«

Parnell stieß ein trockenes Lachen aus. »Gib nicht mir die Schuld, dass manche Leute sich Sorgen machen wegen dem Jungen. Außerdem, *ich* denk mir solche Geschichten nicht aus.«

»Nein, du läufst nur rum und erzählst sie überall.«

»Ich finde jedenfalls, du solltest wissen, dass manchen Leute nicht ganz wohl ist in Amos' Gesellschaft. Das ist alles«, sagte Parnell und wandte sich ab. »Ich rate deinem Bruder nur, dass er sich zurückhalten sollte, wenn er den Witzbold spielt. Er könnte sich sonst in Schwierigkeiten bringen.«

Inzwischen hatte sich Amos aus der Papierkette gewickelt. Er sah mich an und zuckte die Schultern: Was ist los? Als Antwort zuckte ich genauso die Schultern: Keine Ahnung, was Parnell will.

Amos lächelte, dann nahm er das Ende seiner Kette und rannte in Kreisen durch die Scheune, so dass die Papierkette wie ein Schwanz hinter ihm herflog. Parnell schüttelte den Kopf, als könne sich nur ein verrückter Junge so benehmen, dann ging er hinüber zum Haus.

Ich spürte das Blut heiß in meinen Adern und am liebsten hätte ich mit aller Wucht irgendwo draufgeschlagen. Aber wegen Amos schüttelte ich meine Wut ab und lächelte ihm zu, während er in wilden Kreisen durch die Scheune lief.

Das Schlimmste an Parnells Andeutungen war: Ich wusste, dass es stimmte. Es hatte immer Leute in

Indian Creek gegeben, die geglaubt hatten, Amos sei nicht ganz richtig im Kopf. Das war einer der Gründe, weshalb es mir schon immer wichtig war, dass ich Amos mit in die Stadt nahm. Die Leute sollten sehen, dass er so normal war wie jeder andere Junge auch, bis auf den Umstand, dass er nicht hören konnte. Und wenn es gemeine Jungen gab, die sich über Amos lustig machten, dachte ich doch, dass die meisten sich an ihn gewöhnt hatten und ihn mochten.

Parnell ist der Einzige, der Amos nicht leiden kann, dachte ich, während ich meine Papierkette zu mir herzog. Parnell ist der Einzige, der ihn gern von der Bildfläche verbannen würde.

Von jetzt an musste ich doppelt gut auf Amos aufpassen, das stand fest. Jemand musste ihn vor Leuten wie Parnell Caraway beschützen.

9

Kühl und sonnig brach der Tag an, an dem das Fest stattfinden sollte. Ich konnte schon beim Aufwachen kaum den Abend erwarten, wenn die Leute allmählich eintrudeln würden. Gegen Mittag kamen MeMaw und PawPaw, Mamas Eltern, und MeMaw backte ihre leckeren Schokoladenkuchen, die sie nur machte, wenn Besuch kam. Bei diesen Schokoladenkuchen muss man schnell zulangen, sonst bekommt man keinen Bissen ab. Sie sind immer im Nu weg. Als ich dachte, MeMaw würde es nicht sehen, versuchte ich den Finger in die Rührschüssel zu tauchen, aber sie erwischte mich, gab mir einen Klaps auf die Hand und sagte: »Also, für so was bist du jetzt wirklich zu groß, Dovey.«

»Ich bin erst zwölf, MeMaw«, erklärte ich. »Bis ich eine alte Frau bin, habe ich noch ein paar Jahre.«

»Aber du bist jetzt eine junge Frau und deshalb solltest du dich auch langsam so benehmen. Bald werden sich die Jungen für dich interessieren. Caroline hat mir gerade erzählt, dass Wilson Brown ein Auge auf dich geworfen hat.«

»Bei Caroline piept's im Kopf, MeMaw«, sagte ich. »Hör nicht auf sie.«

Ich beschloss, die Küche lieber zu verlassen, bevor ich von einem Schwarm Frauen umgeben wäre, die alle über mich und Wilson Brown tratschen würden. Ich ging in die Scheune, wo Daddy und Amos die kleine Bühne für Luther und Gaither aufbauten.

Immer dann, wenn ich Musik hörte, tat es mir ganz besonders Leid, dass Amos taub war. Was Musik war, konnte man ihm nur schwer erklären, oder dass beim Sprechen Klänge aus dem Mund kamen. Er hatte keine Vorstellung von Klang. Ein bisschen konnte ich es ihm vielleicht verständlich machen, indem ich seine Hand an meine Kehle legte und dabei sprach, aber mehr war nicht möglich. Beim Sprechen vibriert der Kehlkopf leicht, und ich wollte, dass Amos dieses Vibrieren an den Fingern spürte.

Am nächsten Tag hörte ich ihn Laute ausstoßen, wie er es ab und zu tat, und als ich in sein Zimmer schaute, hatte er die Hand an seiner Kehle und lauschte.

Hoffentlich würde Amos die vielen Menschen heute Abend verkraften. Ich wusste, dass es für ihn verwirrend sein konnte, wenn er sich in einem Gewusel von Leuten befand, die alle gleichzeitig redeten. Wer weiß, dachte ich, während ich zusah, wie er Daddy mit der Bühne half, vielleicht findet bald ein junges Mädchen Gefallen an ihm. Amos sah gut aus; er hatte eigentlich viel von Caroline und eins war sogar besser: Sein Haar war blond und lockig, während Caroline mit dunklem, glattem Haar zufrieden sein musste. Wie ich zu dem braunen Wirrwarr auf meinem Kopf gekommen bin, weiß ich nicht. Sieht so aus, als hat Gott mich nicht dafür gemacht, dass ich die ganze Zeit rumsitze und gut aussehe.

Ich ließ mich für einen Moment auf einen Stapel alter Decken nieder und meine gewohnten Sorgen fielen über mich her.

Wenn ein junges Mädchen Amos das Herz brach? Wenn Parnell Carolines Gefühle wieder umkehrte und sie überredete, ihn zu heiraten? Wenn er dann Amos irgendwie in die Finger bekam und ihn in ein Heim schickte? Wenn mir etwas passierte und keiner da war, der Amos über die Hindernisse hinweghalf, die das Leben ihm in den Weg gestellt hatte?

»Komm her, Tochter, und schlag ein paar Nägel mit ein«, rief Daddy herüber. Da stand ich auf, schüttelte meine Sorgen ab und ging zur anderen Seite der Scheune. Daddy drückte mir einen Hammer in die Hand und sagte: »Aber sag Mama nicht, dass ich dich vom damenhaften Benehmen abgebracht habe. Sonst krieg ich Schwierigkeiten.«

Ich schlug einen Nagel in den Holzbalken, summte leise vor mich hin und in weniger als einer Minute war ich wieder ich selbst.

Hämmern hilft immer, wenn einen Sorgen plagen, das habe ich herausgefunden.

Es kam mir vor, als dauerte es Jahre, bis die Sonne langsam auf der anderen Seite von Katie's Knob verschwand, und wir zogen uns für das Fest um. Caroline sah hübsch aus wie immer in ihrem blau und weiß getupften Kleid und den zierlichen kleinen Tanzschuhen, die Mama extra aus dem Sears-and-Roebuck-Katalog bestellt hatte. Auch Mama hatte sich besonders schick gemacht. Sie trug ihr rotes Kleid, das den kupferroten Glanz ihres Haars betonte – Mamas Haar ist braun wie meines, nur dunkler.

Ich hatte gehofft, ich käme mit einer sauberen Latzhose und einer weißen Bluse davon, aber Mama sagte, ich solle Caroline eine Freude machen und lieber ein Kleid anziehen. Sie nahm mein gutes gelbes Kleid aus dem Schrank, von ganz hinten, wo ich es immer zu verstecken versuchte, und dann ging sie zu Caroline und lieh sich ein gelbes Band für mein Haar. Als ich fertig war, sah ich so aufgedonnert aus, dass ich mich im Spiegel kaum erkannte.

Alle Gäste schienen gleichzeitig zu kommen, der Hof war voll von plaudernden und lachenden Menschen, alle so gut wie möglich angezogen.

Tom und Huck rannten zwischen ihnen umher und gaben sich die größte Mühe, den Leute klar zu machen, dass sie ihnen ihre Essensreste schenken sollten. Kleinere Kinder jagten in Scharen hinter ihnen her. Ich saß mit Amos und Wilson Brown auf der Veranda und kam mir vor wie in der Haut eines anderen Mädchens. Zum ersten Mal, seit ich Wilson kannte, hatte ich das Gefühl, ich müsste eine artige Unterhaltung mit ihm führen. Solche Veränderungen gehen in einem Menschen vor, wenn er ein Kleid anhat.

Als die meisten längst mit Essen beschäftigt waren, wer erschien da endlich in seinem Auto? Parnell Caraway. Ich atmete erleichtert auf, als ich feststellte, dass er allein gekommen war. Das Letzte, wonach ich mich sehnte, war, dass Paris mich in diesem Aufzug sah. Das würde sie mir mein Leben lang unter die Nase reiben.

Parnell schlenderte über den Hof, nickte und lächelte nach links und nach rechts wie ein Politiker. Ein paar von den jüngeren Mädchen fühlten sich geschmeichelt und flöteten: »Hallo, Parnell«, als er an ihnen vorüberging. Ich sah, wie Parnell einigen von ihnen zuzwinkerte, und da konnten sie scheinbar gar nicht mehr zu kichern aufhören.

Caroline winkte Parnell zu, und ein paar Mädchen, die neben Caroline auf der Stufe gesessen hatten, verkrümelten sich, um Parnell Platz zu machen. Wie ein König, der auf seinem Thron Platz nimmt, setzte er sich neben Caroline.

»Weißt du, was Fetzer Hall meinem Daddy erzählt hat?«, fragte Wilson und nickte zu Parnell hin, der gerade ein großes Getue um ein Brathähnchen machte.

»Was denn?«, fragte ich, froh, dass ein Gespräch in Gang kam und ich nicht nur fein angezogen hier rumsitzen musste.

Wilson rückte näher heran. »Er hat gesagt, er ist mit ein paar anderen am Freitagabend rauf zu Buddy Webb, was trinken. Parnell war auch dabei, hat sich Whiskey durch die Kehle gegossen, als wär's Wasser. Da kam der alte Cypress Terrell rein, wollte nur das Gewitter draußen abwarten, so hat's Fetzer meinem Daddy erzählt. Cypress ist bestimmt keiner, der Unruhe stiftet.«

Ich nickte.

»Dann hat Parnell Cypress angequatscht«, erzählte Wilson weiter. »Erst nur so das Übliche, ›Ganz schönes Unwetter heute Abend, Cypress, wie?‹. Solche

Sprüche eben. Aber dann ist er richtig gemein geworden und hat gesagt, am besten wär's, wenn Leute wie Cypress und seine Mutter sich in den Wäldern verlaufen würden, dann wären sie keine solche Last mehr für die Gemeinschaft. Fetzer sagte, Parnell ist sogar so weit gegangen und hat seinen Gürtel abgenommen, als wollte er Cypress damit schlagen, aber Buddy hat ihn zurückgehalten, und ein paar von den anderen haben Cypress rausgebracht.«

Ich schaute zur Verandastufe hin, wo Parnell sich lustig und fidel mit Caroline und den anderen Mädchen unterhielt, und ein Angstschauder lief mir über den Rücken. Dass sich ein Mensch nach außen hin so nett und freundlich geben konnte und im Innern so boshaft war, also, das ließ mich fast an der Menschheit verzweifeln.

Die Leute gingen langsam zur Scheune hinüber, als sie hörten, dass Gaither und Luther ihre Fiedeln stimmten. Gaither und Luther fingen an mit »Little Red Rooster«, danach spielten sie noch ein paar Stücke, und schließlich drängten die Leute Daddy, den Tanz zu eröffnen.

Das lockte alle, bis auf ein paar ältere Leute, auf die Scheunendiele. Sogar ich und Wilson kamen in Schwung, wir taten albern und geziert und verneigten uns voreinander.

wurde es wieder still. Alle warteten gespannt, was Parnell noch sagen würde.

»Ich glaube, wir alle hätten's gern, wenn Caroline für immer hier in Indian Creek bleiben würde, und genau dafür will ich sorgen«, sagte Parnell und nahm Carolines Hand. »Ich nutze deshalb diese Gelegenheit und mache Miss Caroline Coe hier vor unserer ganzen Gemeinde einen höchst förmlichen Heiratsantrag. Caroline, ich bitte dich heute Abend zum letzten Mal, meine Frau zu werden. Was sagst du dazu, mein Schatz? Wirst du mich heiraten?«

Parnell zog einen Ring aus der Tasche und hielt ihn ins Mondlicht, das durch ein hohes Fenster fiel. Jeder ahnte, dass es ein Diamant war, den Parnell Caroline zum Geschenk machen wollte. Ein Murmeln ging durch den Raum. Viele sahen zu Daddy hin und fragten sich, ob er wohl gewusst hatte, dass es so weit kommen würde, aber er hatte die Arme vor der Brust verschränkt und sein Gesicht verriet nichts von seinen Gedanken.

Ich sah Caroline an, dass sie genauso überrascht war wie alle anderen und dass sie keine Minute mit diesem Antrag gerechnet hatte. Jetzt durchschaute ich auch endlich ihren Plan. Sie hatte wahrscheinlich gedacht, dadurch, dass es ein Abschiedsfest war und alles, würde Parnell endlich begreifen und sie in Ruhe

So ging es ungefähr eine Stunde, dann wollten Gaither und Luther Pause machen. Die meisten Leute blieben an der Wand stehen, ganz aus der Puste, und schickten ihre Kinder nach einer Limonade. Ein paar Männer gingen hinaus zum Rauchen. Wilson fragte mich, ob ich Lust hätte, zur Abkühlung einen kleinen Spaziergang zu machen. Ich fand die Idee gut und wir gingen an der nördlichen Hausseite vorbei in Richtung Weiher.

Was dann passierte, überraschte mich so sehr, dass ich kaum wusste, was ich davon halten sollte. Wilson nahm meine Hand, ganz beiläufig, so als wäre es die natürlichste Sache der Welt. Ich sah mich um, ob auch niemand herschaute, und erst als ich sicher war, dass uns niemand gesehen hatte, konnte ich mich dem Gefühl dieser Berührung hingeben. Ich schäme mich nicht zu sagen, dass ich es sogar genoss.

Eine Weile standen wir am Rand des Weihers, ohne etwas zu sagen, ließen nur sachte unsere Hände schwingen.

Die Grillen zirpten und die Frösche erzählten sich quakend ihre Geschichten. Am dunkel werdenden Himmel konnte ich den Schimmer eines silbrigen Mondes erkennen, und ich roch den süßen Duft der Geißblattranken, die in einem Wirrwarr bis zum Haus hin wucherten. Schließlich räusperte sich Wilson und sagte: »Du siehst heute Abend sehr schön aus, Dovey.«

Ich drückte seine Hand ein bisschen und sagte: »Du auch. Ich meine, gut siehst du aus. Sehr gut siehst du aus, Wilson Brown.«

Ich spürte, dass ich rot wurde, weil ich Wilson Brown sagte, dass er gut aussah. Aber er schien es nicht komisch zu finden. Er beugte sich sogar zu mir her und küsste mich ganz leicht auf die Lippen. Unglaublich, wie zart sein Mund war, wie ein Schmetterling, der über mein Gesicht huschte.

Mir fiel nichts ein, was ich danach zu ihm sagen sollte, deshalb küsste ich Wilson zurück. Diesen Kuss dehnten wir ein bisschen länger aus, dann lösten wir uns voneinander und sahen uns an. Zum ersten Mal fiel mir auf, wie schön seine Augen waren, dunkelbraun mit kleinen grünen Punkten.

»Ich glaube, wir sollten zurückgehen, bevor sie uns vermissen«, sagte Wilson. Er küsste mich schnell noch einmal, dann gingen wir wieder zur Scheune. Weil inzwischen überall Leute waren, hielten wir uns diesmal nicht an der Hand, dafür rieben wir im Gehen unsere Schultern leicht aneinander.

Als wir bei der Scheune waren, stimmten Gaither und Luther gerade wieder ihre Fiedeln und Daddy hatte seine Gitarre geholt. Die Leute stellten sich auf,

wollten wieder das Tanzbein schwingen und freuten sich auf Daddys Lieder. Gerade als Daddy nach vorne gehen wollte, kam Parnell ihm zuvor und pflanzte sich mitten auf die Bühne.

»Darf ich mal um Aufmerksamkeit bitten!«, rief er laut. »Leute! Ich wäre dankbar, wenn ich für eine Minute um Aufmerksamkeit bitten dürfte!«

Ziemlich schnell wurde es still. Parnell blickte über die Menge, als wäre er unser König. »Caroline Coe, kommst du bitte mal rauf?«

Mit hocherhobenem Kopf ging Caroline zur Bühne. Aber an ihrem unsicheren Lächeln sah ich, dass Parnell sie nervös machte.

Parnell schenkte ihr ein breites Grinsen, wie um zu sagen: »Du musst dich nicht fürchten«, dann trat er zurück und ließ uns seine Bekanntmachung hören. »Als ich heute Abend hierher kam, hatte ich keine Ahnung, dass das hier ein Abschiedsfest für Caroline ist. Ehrlich gesagt, bei mir stand fest, dass Caroline nicht weggehen würde. Ich weiß, dass keiner von euch gern sieht, dass Caroline aufs Lehrercollege geht, hab ich Recht? Besonders, weil do jeder weiß, dass das bisschen Lernerei ganz v schwendet ist für jemanden, der so hübsch ist Caroline.«

Stimmengemurmel erhob sich in der Scheune

lassen. Aber der gute Parnell war listig. Es überraschte mich nicht die Spur, dass er fest entschlossen war, in dieser Angelegenheit das letzte Wort behalten zu wollen.

»Komm, Caroline«, drängte er, als Caroline eine Weile schwieg. »Sag, dass du hier bleiben und meine hübsche kleine Frau sein willst. Vertu nicht deine Schönheit als Lehrerin.«

Da schlug Carolines Überraschung um in Wut. Sie schüttelte den Kopf, fast rhythmisch wie zu einem Lied. »Nein, Parnell«, brachte sie zwischen zusammengebissenen Zähnen hervor. »Nein, ich würde dich nicht heiraten, und wenn du der letzte Mann auf Erden wärst.«

10

Ihr könnt euch vielleicht Parnells Gesicht vorstellen, als er Carolines Zurückweisung hörte, die keinen Zweifel zuließ. Er sah aus, als hätte jemand sein Innerstes nach außen gestülpt.

Aus der Menge rief jemand: »Sei nicht schüchtern, Caroline, sag dem Mann deine Meinung!« Alle lachten laut. Das heißt, fast alle. Weder Parnell noch Caroline ließen sich anmerken, ob sie den Zwischenruf gehört hatten.

Parnell musterte Caroline von oben bis unten, wie um sie zum ersten und letzten Mal abzuschätzen. »Schön. Wenn du so denkst«, sagte er mit erhobener Stimme, »dann zur Hölle mit dir, Caroline Coe.«

Da lief Daddy schnell zu ihm auf die Bühne, aber Parnell war schon unterwegs zur Tür. Bevor er ging, drehte er sich um und sah uns an. »Zur Hölle mit euch allen!«, schrie er, dann drängte er sich an Amos vorbei und war zur Tür hinaus. Nach einer Minute hörten wir, wie er sein Auto anließ und den Weg hinunter in die Dämmerung davonfuhr.

»Kann schlecht einen Korb vertragen, der Junge, wie?«, sagte jemand belustigt. Dann redeten alle durcheinander und diskutierten das Ereignis.

Caroline ging so normal und ruhig aus der Scheune, wie man sich nur vorstellen kann, aber ihr Gesicht war noch rot vor Wut. Als sie aus der Tür trat, eilten Mama und MeMaw hinter ihr her.

Daddy stieg auf die Bühne und sprach leise mit Luther und Gaither, die kurz darauf wieder zu spielen anfingen. Aber die Stimmung war weg, das war nicht zu übersehen. Ungefähr nach einer Stunde, als das Zwielicht des Sommerabends endgültig der Dunkelheit Platz machte, suchten alle ihre Familienmitglieder zusammen und verließen grüppchenweise die Scheune. Wilson Brown kam zu mir und verabschiedete sich. »Wollen wir am Samstag zusammen auf den Markt gehen?«, fragte er. »Wir könnten den Nachmittag dort bleiben und uns mal alles anschauen.«

»Ja«, sagte ich. »Sehr gern.«

Es dauerte lange, bis wir in dieser Nacht Schlaf fanden.

Caroline hatte sich hingelegt, gleich nachdem sie

mit Mama und MeMaw gesprochen hatte, aber wir anderen saßen noch auf der Veranda und wussten nichts Rechtes mit uns anzufangen. Daddy spielte ein bisschen Gitarre, aber man spürte, dass er in Gedanken woanders war.

»Parnell dachte wahrscheinlich, er kann sich Carolines Zustimmung erzwingen, wenn er dem kleinen Mädchen so vor allen Leuten einen Antrag macht. Hat wohl nicht damit gerechnet, dass Caroline störrisch wie ein Maulesel sein kann«, sagte er schließlich und sah über den Hof, wo hier und da Glühwürmchen im Dunkel der Nacht aufleuchteten.

Mama beugte sich auf ihrem Stuhl vor, einen schmerzlichen Ausdruck im Gesicht. »Caroline hat heute Abend klipp und klar ihre Meinung gesagt, das muss ich ihr lassen. Aber warum sie Parnell nicht längst schon klar machen konnte, dass sie ihn nicht heiraten will, verstehe ich nicht.«

»Nun, auch das geht vorüber, wie man so sagt.« Daddy lehnte seine Gitarre an die Hauswand, damit er aufstehen und sich strecken konnte. »Wir bringen Caroline am Samstag zur Schule und bald werden wir die ganze Sache vergessen haben.«

»Ich wünschte nur, ich könnte die Leute am Tratschen hindern«, sagte Mama und verschränkte sorgenvoll ihre Finger.

Daddy lachte. »Ach was, Frau, das war doch das Beste, was die meisten Leute in diesem Jahr erlebt haben! Außerdem, was geht's uns an, was sie reden? Caroline hat diesen Jungen nicht darum gebeten, dass er sich hinstellt und sich vor allen zum Narren macht. Unsere Schuld war das nicht. Und jeder, der schlecht über uns reden will, soll erst mal dran denken, wessen Hühnchen er gestern Abend gegessen hat.«

Da sah Mama Daddy lange an, wie um zu sagen, sie sei nicht besonders zufrieden mit seiner Antwort. Weil es Daddy egal war, was die Leute von ihm hielten, vergaß er leicht, dass Mama da meistens anderer Meinung war. Mama hatte einige hohe Prinzipien, die Daddy nicht immer teilte, und manchmal endeten ihre unterschiedlichen Auffassungen in Streitereien.

»Also, ich kann nur sagen, dass Parnell Caraway den ganzen Sommer über versucht hat, diese Familie auseinander zu reißen«, sagte ich und stand auf, um schlafen zu gehen. »Ich finde, er hat gekriegt, was er verdient hat.« Genau das hatte ich die ganze Zeit schon sagen wollen, und es tat gut, als diese Worte nun endlich über meine Lippen kamen.

Daddy lachte. »Ich weiß nicht, ob du Recht hast, dass Parnell die Familie auseinander reißen wollte, aber dass der Junge eins auf den Deckel gekriegt hat, lässt sich kaum bestreiten. Das wird ihn lehren, ein Coe-Mädchen auf die Palme zu bringen!«

»Also wirklich, John!«, sagte Mama und stand abrupt auf. »Du scheust dich nicht und machst noch über das Allerheiligste deine Witze!« Sie ging hinter mir her ins Haus und ließ die Fliegentür zuschlagen.

»Was hab ich dir gesagt, Sohn?«, hörte ich Daddy auf der Veranda zu Amos sagen. »Zahlt sich nicht aus, ein Coe-Mädchen auf die Palme zu bringen.«

Die nächsten Tage waren ziemlich hektisch und jeder wollte Caroline bei ihren Vorbereitungen helfen. Über Parnells Antrag verlor keiner von uns ein Wort. Wir taten, als hätte es ihn nicht gegeben. Außerdem waren wir gefühlsmäßig so stark mit der bevorstehenden Trennung von Caroline beschäftigt, dass der Vorfall schon einen Tag nach dem Fest so gut wie ausgelöscht war; keiner von uns ahnte, dass wir später noch lange und mit Sorgen daran denken würden.

Ich hatte mit Caroline im selben Bett geschlafen, seit Mama mich aus dem Gitterbettchen genommen hatte, und allmählich dämmerte es mir, dass ich schon sehr bald allein in einem Meer aus Decken liegen würde. So lange ich denken konnte, hatte ich mir ein eigenes Zimmer gewünscht, in dem ich meine Sammlungen hätte ausbreiten und mich ungehindert daran erfreuen können. Bis jetzt hatte ich alles in einer Schachtel aufbewahren müssen, damit Caroline nicht darüber stolperte. Ich besaß eine ganze Reihe von Pfeilspitzen und zweiunddreißig Quartzsteine. Dauernd beschwerte sich Caroline über meine Unordnung.

Man hätte also glauben sollen, ich wäre erleichtert gewesen, dass Caroline wegging, aber als ich so richtig begriffen hatte, dass sie wirklich und wahrhaftig ging, wurde mir ganz elend. Mein Leben lang hatte ich beim Einschlafen ihren Duft um mich gespürt, Rosen, Seife und ein Geruch ohne Namen, der allein Carolines Geruch war. Als kleines Mädchen hatte ich mein Gesicht in ihrem Kissen vergraben und tief eingeatmet, dann hatte ich mich immer sicher und geborgen gefühlt.

Ich glaube, den anderen ist es genauso gegangen. Ein-, zweimal ertappte ich Mama, wie sie mit feuchten Augen vor dem Spülbecken stand; und Daddy sagte, als ich ihn bat, ein bisschen Gitarre zu spielen, er sei jetzt nicht in der Stimmung dazu. Selbst Tom und Huck ließen die Ohren ein bisschen hängen, so kam es mir vor. Amos blieb seit dem Fest jeden Tag zu Hause, so lange, bis Daddy Carolines Sachen in unserem Kleinlaster verstaute und verkündete, jetzt sei es Zeit zum Abfahren. Ein sehr ungewöhnliches Verhalten für Amos, der noch bei einem halben Meter Schnee auf die Kuppe von Katie's Knob stieg.

Am Abend bevor Caroline fuhr, hatten wir ein sehr vertrauliches Gespräch, wie es zwischen uns nicht allzu oft vorkam wie sonst unter Schwestern, weil wir einfach sehr verschieden waren. Aber ich wollte gern, dass wir uns über Parnell Caraway einig waren.

»Hast du jemals ernsthaft daran gedacht, Parnell zu heiraten?«, fragte ich sie, nachdem Mama die Lichter gelöscht und die Tür hinter sich zugemacht hatte.

Caroline sagte eine ganze Weile nichts. »Also, wenn du's genau wissen willst, doch, ab und zu habe ich tatsächlich daran gedacht, Parnell zu heiraten. Natürlich hat es mir gefallen, mit ihm nach Asheville zu fahren und in Restaurants zu gehen. Das war schon was. Ich dachte, dass wir uns vielleicht nach dem College irgendwo ein schönes Haus bauen und uns ein gutes Leben machen könnten. Er war meistens sehr nett zu mir, weißt du.«

Sie machte eine Pause, wie um sich an die schöne Zeit mit Parnell zu erinnern. Doch als sie wieder sprach, wurde klar, dass ihr – im Licht der letzten Ereignisse betrachtet – diese Zeit nichts mehr bedeutete. »Als er aber diese Bemerkung machte, ich sei zu dumm, um Lehrerin zu werden, na ja, das war's dann. Wie kann ein Mensch so was sagen? Du glaubst doch nicht auch, dass ich zu dumm bin?«

Ich suchte nach einer guten Antwort. »Weißt du noch, wie du Lonnie Matthews in Mathe geholfen hast?«, fragte ich. »Nur jemand, der wirklich gescheit ist, kann jemandem helfen, der so dumm ist wie Lonnie. Das beweist doch, dass du als Lehrerin gut geeignet bist.«

Caroline streichelte mir über die Schulter. »Danke, dass du das sagst, Dovey. Ich will ja nicht eine glänzende Wissenschaftlerin werden oder so, einen solchen Anspruch habe ich gar nicht. Aber Leute, die nur mein Äußeres sehen, hängen mir zum Hals raus, das kann ich dir sagen.«

Ich fand es besser, Caroline im Moment nicht daran zu erinnern, dass sie ja selbst gern ihr gutes Aussehen benutzte, um damit etwas zu erreichen, was sie sich wünschte. Für diesen Hinweis würde sie mir bestimmt nicht danken.

»Wenn mich Parnell mit seinem Antrag bloß nicht so wütend gemacht hätte«, sagte Caroline nach einer Weile, und Bedauern lag in ihrer Stimme. »So schroff wollte ich ihn nicht abweisen. Aber es war einfach eine solche Überrumpelung, dieser Heiratsantrag vor allen Leuten. Ich dachte, er hätte gemerkt, was ich ihm mit diesem Fest für einen Streich gespielt habe, und damit wäre alles klar. Dass er einen Ring aus der Tasche zieht, damit habe ich nicht gerechnet.«

Caroline drehte sich zur Wand. Ich lag noch eine Weile wach, dachte über alles nach, kostete noch einmal die Szene aus, als Caroline Nein gesagt hatte, auch wenn sie ihre Schroffheit bedauerte. Falls er davon geträumt hatte, mein Boss zu sein und Amos wegzuschicken, waren seine Träume jetzt für immer geplatzt.

Ich gebe zu, für den Bruchteil einer Sekunde tat mir Parnell fast Leid, weil er so gedemütigt worden war, aber dieses Gefühl konnte ich ziemlich schnell wegstecken.

Es war so geplant, dass Mama und Daddy Caroline am Samstag nach Watauga fahren wollten, das ungefähr eine Stunde von uns entfernt war. Bei Daddys Cousin Ray in Deep Gap wollten sie übernachten. Amos und ich, wir würden abends zu MeMaw und PawPaw in die Stadt und am Sonntag mit ihnen zusammen in die Kirche gehen. Rechtzeitig zum Mittagessen am Sonntag wollten Mama und Daddy zurück sein.

Ich übernachtete immer gern bei MeMaw und PawPaw. MeMaw war eine sehr gute Köchin, sie gab uns zum Frühstück immer weiche Brötchen mit

Würstchen und Soße, mein Lieblingsfrühstück. In ihrer Küche hielt sie die verschiedensten Sorten von Plätzchen für ihre Enkelkinder bereit. Zumindest behauptete sie, dass sie für ihre Enkelkinder seien. MeMaw war für ihre Schwäche für Süßes bekannt. Eingewickelt in eine Serviette, hatte sie meistens eine Hand voll Ingwerkekse oder mexikanische Hochzeitskekse in der Tasche – das sind diese kleinen, mit Puderzucker bestäubten Plätzchen, die fast auf der Zunge zergehen. Davon bekam man eins, wenn man in der Kirche langsam zappelig wurde, und zur Gesellschaft aß sie dann gleich eins mit.

Am Samstagmorgen standen wir alle früh auf. Mama packte für sich, Daddy und Caroline Brötchen und Eingemachtes für unterwegs ein. Amos und ich sollten uns etwas zum Frühstück machen, was wir gern mochten, nur sollten wir danach das Geschirr wegräumen.

Wir halfen Daddy, Carolines Koffer zum Auto zu bringen, und dann standen wir auf der Veranda zum Abschiednehmen. Caroline sah sehr hübsch aus in ihrem Reisekostüm und dem passenden Hut, aber ich konnte mir vorstellen, dass sie Schmetterlinge im Bauch hatte. Ich fühlte mich selber ganz komisch, mir war, als hätte ich einen Stein in der Kehle. Meine Augen wurden feucht, als ich Caroline umarmte, aber dass mir ein paar Tränen kamen, das lag vielleicht doch nur an ihrem Parfüm.

Während ich dem Auto nachsah, in dem Caroline den Bergweg hinunterrollte, dachte ich an unser Gespräch. Ich war traurig, dass ich Abschied von ihr nehmen musste, aber vielleicht war es das Beste, dass sie für eine Weile von hier wegging. Sie musste die verwirrenden Gefühle abschütteln, die Parnell in ihr ausgelöst hatte. Inzwischen konnten wir anderen zu unserem gewohnten Alltag zurückkehren, jetzt, wo Parnell aus unserem Leben verschwunden war.

Das ist das Gute an dem ganzen Durcheinander, dachte ich, während ich dem Auto nachwinkte. Wenigstens würde Parnell nichts mehr mit meiner Familie zu tun haben wollen. Er würde uns von jetzt an in Ruhe lassen, das war mal sicher.

Doch wie sich herausstellte, hatte ich Parnell Caraways Absichten gründlich unterschätzt.

11

Halb bellend, halb heulend rannten Tom und Huck hinter Daddys Kleinlaster her, als er den Weg hinunterfuhr. Ich drehte mich zu Amos hin und fragte ihn, was er essen wolle. Selbst hatte ich zwar keinen Hunger, aber ich wollte einfach etwas tun. Amos ging vor mir her in die Küche, wo er alles hervorkramte, was man zum Pfannkuchenbacken braucht. Ich rührte eine Schüssel voll Teig an, und als die Pfannkuchen schließlich auf der Eisenplatte brutzelten, bekam auch ich Hunger. Wir luden unsere Teller mit Stapeln von Pfannkuchen voll und gossen Blaubeersirup darüber, dann gingen wir zum Essen auf die Veranda. Bei Mama mussten wir immer am Tisch essen, deshalb war Essen auf der Veranda für Amos und mich eine Art Feiertag.

Nachdem wir ein bisschen durchs Haus gestreift waren und uns an das Gefühl gewöhnt hatten, dass niemand außer uns da war, beschlossen wir, zum Markt in die Stadt zu gehen und uns mit Wilson zu treffen. Ich fuhr mit dem Kamm durch mein Haar und sah nach, ob mein Hemd keine Flecken hatte – das reichte mir an Schönheitspflege. Amos war schon draußen und sammelte Tom und Huck ein, die er zu MeMaw bringen wollte, solange wir auf dem Markt sein würden. Als ich herunterkam, machten wir uns zu viert auf den Weg.

Sobald uns Leute auf der King Street sahen, kamen die, die nicht auf unserem Fest gewesen waren, zu uns und stellten tausend Fragen. Ich fühlte mich beinahe wie ein Filmstar, so viel Aufmerksamkeit brachte man mir entgegen, und so gemein es auch ist, wenn ich das sage: Ich war nicht unglücklich darüber, dass fast alle wussten, Parnell hatte den Lohn für seinen Hochmut bekommen. Von einem Coe-Mädchen.

»Stimmt es, dass er Caroline auf Knien einen Heiratsantrag gemacht hat? Vor allen Leuten?«, fragte jemand. Fünf, sechs Leute standen um uns herum.

»Nein«, antwortete ich. »Da hätte er ja seine Hose dreckig machen müssen.«

Alle lachten. »Hey, Dovey«, rief Curtis Shrew. »Willst *du* jetzt mit Parnell gehen? Wo Caroline weg ist und ihm den Laufpass gegeben hat?«

»Du machst wohl Witze, Curtis«, sagte ich. »Ich würde eher auf ihn schießen, als dass ich ihn anschauen würde.«

Da drängte sich Paris Caraway durch die Leute, die sich um Amos und mich geschart hatten. Sie trug gelbbraune englische Reithosen und hohe, glänzende Stiefel mit flachen Absätzen.

»Aha, wir haben einen neuen Müllplatz«, sagte sie und verzog spöttisch den Mund.

»Dann leg dich am besten gleich dazu, Paris«, sagte ich. »Der Müllmann kommt gleich und nimmt dich mit.«

Die Leute lachten, aber trotzdem gingen sie weiter. Schließlich standen Amos, Paris und ich allein da.

»Du siehst aus, als willst du auf Fuchsjagd gehen«, sagte ich zu Paris.

»Und du siehst aus wie eine aus diesem Coe-Gesindel. Du siehst nicht nur so aus, du bist sogar eine«, erwiderte sie. »Kommst dir wohl mächtig schlau vor nach allem, was deine Schwester Parnell angetan hat.«

»Ich komme mir weder so noch so vor. Und Caroline hat Parnell nichts angetan, sie hat ihm nur die Wahrheit gesagt. Die Wahrheit tut weh, habe ich mal gehört.«

Schon spitzte Paris den Mund zu einer klugen Bemerkung, da rief ihre Mama aus der Tür von Caraways Lebensmittelladen: »Paris! Du gehst sofort von diesen Kindern weg! Ich will dich nicht mit denen zusammen sehen!«

Ich schaute hinter Paris her, die selbstherrlich und hochnäsig zum Laden ihres Daddys stolzierte. Amos tätschelte mir den Rücken, weil er mich beschwichtigen wollte. Er stieß ein paar Laute aus und ich sah ihn an. Er bewegte die Lippen. »Oh, oh«, sagte er.

»Schon okay«, sagte ich zu ihm. »Die hat zwar Kleider an wie ein menschliches Wesen, aber darunter ist nichts als heiße Luft.«

Amos nickte, dann machte er ein hustendes Geräusch. »Oh, oh«, kam es aus seinem Mund. Wieder klopfte er mir auf den Rücken. »Oh kay.«

Mir war, als hätte mir jemand mit der Hand auf den Kopf geschlagen.

»Okay! Okay! Amos, du hast ›okay‹ gesagt! Du sprichst!«

Amos lächelte und zuckte mit den Schultern, als wäre nichts weiter dabei. Ich fiel ihm um den Hals und drehte ihn auf der Straße herum – ich konnte nicht anders.

Wilson Brown kam herangeschlendert, ein breites Grinsen im Gesicht und eine Tüte Lakritzstangen in der Hand. »Feiert ihr schon wieder ein Fest? Oder tanzt ihr aus reiner Freude, weil ihr mich seht?«

Da erzählte ich ihm, dass Amos sein erstes Wort

gesagt hatte, und Amos führte es gleich noch einmal vor. Wilson schüttelte nur den Kopf und gab Amos die ganze Tüte Lakritz. »Ist das nicht ein schöner Tag?«, sagte er und grinste wieder.

Trotz der Trauer über die Trennung von Caroline musste ich Wilson Recht geben, es war ein schöner Tag. In den Bergen wird es am Ende des Sommers viel schneller kühl als in anderen Gegenden, ein leichter Wind fuhr uns ins Haar und blies uns sanft in den Nacken. Wir streiften den größten Teil des Tages ziellos umher und entdeckten an jeder Ecke Interessantes. Über den Himmel zogen große, gebauschte Wolken, die immer wieder ihre Gestalt änderten. Wir setzten uns auf die Stufen vor dem Gerichtsgebäude, lehnten uns zurück und erzählten einander Geschichten über die Wolkenbilder, die jeder sah.

Das einzig Hässliche an diesem Nachmittag erlebten wir, als wir an Parnell vorbeikamen, der an seinem Auto lümmelte und aus einer Flasche trank. Er stand mit einem Mädchen zusammen, Rebecca Kyle, die in der Schule zwei Klassen über mir war. Ihre Wangen waren gerötet, wahrscheinlich sagte Parnell Nettigkeiten zu ihr.

»Sieht aus, als ob er Caroline ziemlich schnell vergessen hat«, flüsterte ich Wilson zu, als wir näher kamen.

»Hey, Dovey«, rief Parnell, als wären wir alte Freunde. »Warum hast du heute dein gelbes Kleid nicht an? In dem Ding hast du fast wie ein Mädchen ausgesehen. War das erste Mal, dass ich dich tatsächlich zweimal angeschaut hab.«

Rebecca Kyle kicherte.

»Mach dir keine Hoffnungen, Parnell«, sagte ich. »An solchen wie dir bin ich nicht interessiert. Scheint eine Eigenschaft der Coe-Mädchen zu sein, wie?«

Parnell lief rot an.

»Mach lieber, dass du nach Hause kommst, Dovey. Sonst könnt's leicht passieren, dass dir dein Mundwerk mächtig wehtut.«

Da stellte sich Wilson neben mich. »Ich rat dir, Parnell, Dovey lieber nicht zu drohen. Sonst könnt's leicht passieren, dass du selber Schwierigkeiten kriegst.«

Parnell lachte. »Von wem denn? Von dir?«

Wilson hob die Fäuste, kampfbereit, aber ich trat zwischen ihn und Parnell.

»Du hast dir diese Woche schon eine Abfuhr geholt, Parnell«, sagte ich. »Reicht dir das nicht?«

Rebecca Kyle zog Parnell am Arm. »Komm jetzt, machen wir endlich den Ausflug, den du mir versprochen hast. Bei Raufereien zugucken, dazu hab ich keine Lust.«

Parnell schoss mir einen Blick zu, der mich wie ein Messer durchbohrte. Er riss sich los, ging um den Wagen und machte Rebecca die Tür auf. Dann kam er wieder herum und öffnete die Fahrertür, doch bevor er einstieg, drehte er sich noch einmal zu mir her. »Pass auf, Dovey Coe. Du und ich, wir werden uns demnächst mal gründlich unterhalten.«

»Mit dem würde ich nicht zu viel rumstreiten, Dovey«, sagte Wilson zu mir, während wir Parnell nachschauten. »Der könnte dir noch mal Schwierigkeiten machen.«

»Der macht mir schon mein Leben lang Schwierigkeiten«, antwortete ich leichthin. »Ich wüsste nicht, warum er jetzt damit aufhören sollte.«

Danach war uns der unbeschwerte Nachmittag irgendwie verdorben. Wilson musste ohnehin bald nach Hause zum Abendessen, und auch für mich und Amos wurde es Zeit, dass wir zu MeMaw gingen. »Dann bis morgen in der Sonntagsschule«, sagte Wilson, als wir uns verabschiedeten.

Amos und ich machten uns auf den Weg zu MeMaws Haus, das am anderen Ende der Stadt lag, in Richtung Katie's Knob und unserem Zuhause. Schon auf dem Gartenweg liefen uns Tom und Huck entgegen. MeMaw trat auf die Veranda und rief: »He, ihr beiden, kommt jetzt rein! Dauert keine halbe Stunde mehr bis zum Abendessen! Amos, lass die Hunde auf der Veranda. Ich möchte nicht, dass sie meine Böden schmutzig machen.«

Da fiel mir ein, dass ich unsere Sonntagssachen für die Kirche nicht mitgebracht hatte, und so, wie wir waren, würde MeMaw uns nie in ein Gotteshaus lassen.

»Ich muss noch mal schnell heim, MeMaw, und unsere Sonntagskleider holen!«, rief ich. »Ich komm gleich wieder.« Blitzschnell machte ich kehrt und lief davon, damit sie mich nicht zurückhalten konnte. MeMaw lässt nämlich nicht mit sich spaßen, wenn jemand zu spät zum Abendessen kommt.

Es war merkwürdig, zu unserem Haus zu kommen und weder im Hof noch im Garten eine Menschenseele zu sehen.

In der Küche roch es noch nach Pfannkuchen und Sirup. Ich ging in Amos' Zimmer und suchte zehn Minuten nach seinen Sonntagsschuhen, bevor ich sie, in einen alten Pullover gewickelt, unter seinem Bett fand.

Gerade überlegte ich, ob ich für die Kirche das gelbe Kleid mitnehmen sollte, als ich ein Auto den Weg heraufkommen hörte. Ich dachte, MeMaw musste PawPaw geschickt haben, um mich zu holen, deshalb ging ich auf die Veranda und wollte ihm winken.

Auf den Hof fuhr Parnells Wagen. Mist, dachte ich, der will Ärger machen und ich bin ganz allein hier oben. Ich tastete nach dem Messer in meiner Tasche. Möglich, dass ich es jetzt dringend brauchen konnte.

12

Aber es war nicht Parnell, der aus dem Wagen stieg. Es war Paris.

Ich zwinkerte ein paar Mal, ob ich etwa Gespenster sah, aber es war sonnenklar: Paris Caraway kam über unseren Hof, noch immer in dieser Reithose, die sie am Nachmittag getragen hatte. Ich glaube, es war das erste Mal, dass sie einen Fuß auf unser Grundstück setzte. Sie kam bis an die Treppe, ging aber nicht weiter, als sie mich gesehen hatte.

»Ich will dich holen, Dovey«, sagte sie. »Parnell hat einen von euren Hunden im Raum hinter unserem Laden eingesperrt. Er sagt, du sollst ihn lieber holen, bevor er was gegen ihn unternimmt.«

»Was macht denn Parnell mit dem Hund von Amos?«, fragte ich.

»Der Köter ist in den Laden gelaufen, und als Parnell ihn rausscheuchen wollte, hat er versucht, ihm die Hand abzubeißen. Ihr dürft diese räudigen Hunde nicht frei rumlaufen lassen. Die sind gefährlich.«

Ich fuhr mir mit der Hand über die Stirn. Was wurde hier gespielt? »Und warum schickt er da dich?«, fragte ich.

»Weil er so lange aufpasst, dass der Hund nicht weglaufen kann und vielleicht ein Kind verletzt«, erklärte Paris. Zum ersten Mal sah sie sich um. »Ihr müsst euer Haus mal frisch streichen lassen. Das ist ja ein Anblick.«

»Möglich, dass Daddy dich dazu anstellt«, sagte ich. »Vielleicht kannst du dir dann richtige Hosen leisten.«

»Steig ein, Dovey. Ich hab nicht den ganzen Tag Zeit.«

Ich stieg neben Paris in den Wagen und musste in Gedanken widerwillig die Lederpolster bewundern. Es roch gut in diesem Wagen, so, als ob Parnell jemanden bezahlte, der den ganzen Tag im Auto saß und Pfeife rauchte. Erst als wir schon halb den Berg hinunter waren, kam es mir, dass Paris zum Fahren eigentlich ein bisschen jung war. Aber ich glaube, um die Einhaltung von Gesetzen mussten sich die Caraways nie so viele Gedanken machen wie wir anderen.

Paris summte eine kleine Melodie, wahrscheinlich sonnte sie sich in der Vorstellung, dass man sie im Wagen ihres Bruders am Steuer sah. Ich musste zugeben, sie wirkte sehr lässig, wie sie, einen Arm auf die

Rücklehne des Beifahrersitzes gelegt, mit einer Hand lenkte, als hätte sie ihr Leben lang nichts anderes getan.

»Irgendwann mal werde ich aus Indian Creek weggehen«, sagte sie aus heiterem Himmel, aber sie schien es weniger zu mir als zu sich selbst zu sagen. »Diese Stadt ist zu klein für mich«, redete sie weiter, »ich brauche eine große Stadt und schicke Leute, die wissen, dass es mehr im Leben gibt als Landwirtschaft und Handarbeitszirkel.«

»Wo willst du hin?«, fragte ich, überrascht, dass ich auf einmal ein ganz normales Gespräch mit ihr führte.

»Asheville vielleicht«, antwortete sie. »Oder vielleicht noch weiter. London, England, vielleicht. Ich hätte nichts dagegen, so weit wie möglich von hier wegzukommen.«

Es berührte mich seltsam, dass Caroline und Paris scheinbar ähnliche Träume hatten. London, England. Das hörte sich nicht schlecht an, fand ich. Nicht, dass ich um alles in der Welt von meiner Familie wegkommen wollte; aber hin und wieder überlegte ich, wie es wäre, wenn ich manche dieser fremden Orte mal sehen könnte, über die ich in Büchern gelesen hatte. China war mir immer sehr exotisch vorgekommen, auch Afrika. Ich wollte Geld sparen und dann eines

Tages eine Safari mitmachen, vielleicht auf einem Elefanten reiten.

»London. Da hätte ich auch nichts dagegen«, sagte ich. »Mal nachschauen, wo sie ihre Könige und Königinnen wohnen haben.«

Paris sah zu mir herüber und lachte kurz auf. »Und wie willst du hinkommen? Auf einem von euren Schweinen reiten?«

Danach versiegte unser Gespräch wieder.

Wahrscheinlich fand Paris, dass sie mir nun genug über sich erzählt hatte. Wir fuhren an MeMaws Haus vorbei und ich schaute aus dem Fenster nach Tom oder Huck, konnte aber keinen der beiden entdecken.

Vielleicht waren sie durch den ungewohnten Aufenthalt in der Stadt neugierig geworden und hatten beschlossen, auf Entdeckungsreise zu gehen. Aber das kam mir eher unwahrscheinlich vor. Normalerweise entfernten sie sich nicht gern weit von Amos.

Paris hielt an. In Caraways Laden schien niemand zu sein. Nur ein kleines Licht schimmerte durch das Fenster.

»Der Laden sieht geschlossen aus. Bist du sicher, dass Parnell nicht schon bei euch zu Hause ist?«, fragte ich.

»Ich bin sicher. Wahrscheinlich ist er im Raum hinter dem Laden. Ich denke, du holst lieber den Hund, bevor Parnell die Geduld mit ihm verliert. Sag Parnell, ich bring den Wagen zu Lorelei.«

Sobald ich die Wagentür hinter mir zugeschlagen hatte, gab Paris Gas und düste über die King Street davon. Auf einmal kam Huck angesprungen, warf mich fast um vor Freude und benahm sich, als warte er schon seit einer Ewigkeit, dass ich endlich käme und Tom befreie.

»Runter, alter Junge«, sagte ich und kraulte ihn hinter den Ohren. »Du bleibst hier sitzen, ich hole Tom und dann gehen wir auf der Stelle zu MeMaw. Amos wird sich schon wundern, wo du bist.«

Die Ladentür war abgesperrt, deshalb klopfte ich ein paar Mal. Parnell kam aus dem hinteren Raum, breit grinsend, als wäre er höchst erfreut über meinen Anblick, und schloss die Tür auf. Als er mich einließ und dabei die Glöckchen über der Tür leise zum Bimmeln brachte, roch ich, dass er Alkohol getrunken hatte.

»Hey, Dovey. Nett von dir, dass du mal zu Besuch reinschaust«, sagte er und bat mich mit großer Geste herein.

Ich blickte mich nach Tom um. »Ich schau nicht zu Besuch rein, Parnell. Ich komme, weil ich Tom holen und nach Hause bringen will. Was soll das Gerede, er hätte dich gebissen?«

Parnell ging hinter den Tresen. »Oh, er hat mich nicht gebissen, er hat's versucht, mehr nicht. Ich denke, er hat sich vielleicht die Tollwut geholt. Hatte jedenfalls einen ziemlich irrsinnigen Blick drauf.«

»Tom hat keine Tollwut. Er hat nur ein feines Gespür dafür, dass von dir nichts als Ärger kommt«, sagte ich. »Jetzt gib ihn heraus.«

»Warum läufst du rum und redest so über mich, Dovey? Ich bin immer nett zu dir gewesen.« Er ging zu der kleinen Theke. »Darf ich dir was Kaltes zu trinken anbieten? Ein Mineralwasser mit Saft vielleicht? Wir haben Kirsch und Zitrone. Schmeckt sehr gut.«

»Nein, danke, Parnell. Ich will Tom holen und gehen, wenn's dir recht ist.«

Parnell ließ Kirschsaft und Mineralwasser in ein Glas spritzen und stellte es auf den Tresen. »Nein, Dovey, kann nicht sagen, dass mir das recht ist. Ich find's an der Zeit, dass wir unser Verhältnis verbessern, was meinst du? Dass wir den Streit zwischen uns begraben. Komm schon, trink was.«

Ich ging zum Tresen. »Du hast nicht etwa Gift reingetan?«, fragte ich und nahm das Glas.

Parnell lachte. »Nein, ich hab kein Gift reingetan. Schau, ich mach mir das Gleiche.« Er füllte ein zweites Glas und trank einen Schluck. »Siehst du? Kein bisschen anders als deiner, dieser Kirschsaft, no, Sir.«

Ich setzte mein Glas an die Lippen und trank es in einem Zug leer. »Okay, Parnell, ich hab was getrunken. Lass jetzt Tom raus und wir machen uns davon.«

»Geht nicht. Nein, leider nicht«, sagte er. »Nicht, bevor wir uns ein bisschen unterhalten haben.« Er kam hinter dem Tresen hervor und blieb neben mir stehen. Der Alkoholgeruch, den er ausdünstete, machte mich schwindlig. »Dovey, Dovey«, sagte er und sah mir ins Gesicht, kopfschüttelnd, als wäre er tatsächlich traurig. »Ich hab's schon mal gesagt und ich sag's wieder. Es ist wirklich schade, dass du so gar nichts vom guten Aussehen deiner Schwester hast.« Er streckte den Arm und fuhr mir über eine Haarsträhne, die sich aus meinem Zopf gelöst hatte. Ich wich zurück und sagte: »Deshalb gefällst du mir auch nicht besser, Parnell.«

»Ach, weißt du, Dovey«, sagte er mit einer Stimme, die sanft war wie die einer Mutter, wenn sie mit ihrem Baby spricht. »Was dir gefällt oder nicht gefällt, das wird außer dir keinen interessieren, denke ich.«

»Wovon redest du, verdammt noch mal?«, fragte ich und wich weiter zurück. Langsam bekam ich ein bisschen Angst.

Parnell machte ein enttäuschtes Gesicht. »Also, Dovey: Ich hör dein Gerede nicht gern, verstehst du. Dann werd ich dich wohl dafür bestrafen müssen.«

Da wurde mir innen ganz kalt, so, als ob plötzlich ein eisiger Wind über mich hinwegfegte. »Gib mir doch Tom und lass mich gehen. Weiter will ich nichts.« Meine Stimme zitterte ein bisschen.

»Jetzt redest du nicht mehr so frech daher, wie?«, sagte Parnell lächelnd, dann drehte er sich zum hinteren Zimmer um. »Na, dann komm, schauen wir mal, wo Tom ist.«

Ich folgte ihm in einen kleinen, dunklen Raum, der rundum mit Regalen voll gestellt war. An der Wand neben der Tür waren die Kanister mit Mineralwasser gestapelt, daneben ungefähr ein Dutzend Zwanzig-Pfund-Säcke mit Mehl. Es dauerte einen Augenblick, bis sich meine Augen an die Dunkelheit gewöhnt hatten, aber dann entdeckte ich Tom in einer Ecke. Er war mit einem kurzen Strick an ein Rohr gebunden. Als er mich sah, winselte er ein bisschen und wedelte mit dem Schwanz, als wolle er nichts wie nach Hause.

»Ich weiß nicht, warum du den Hund angebunden hast, Parnell«, sagte ich und drehte mich um. »Er tut nie jemandem was, nicht mal einem, der so gemein ist wie du.«

Parnell bückte sich und hob etwas auf. Dann ging er zur Tür. Er hatte einen Ziegelstein in der Hand. »Dieser Hund ist eine Bedrohung für die Allgemeinheit. Wer weiß, was der mit einem kleinen Kind anstellen könnte.«

»Parnell! Warum tust du das?«, sagte ich, die Worte gingen mir kaum über die Lippen. Mit der Hand tastete ich nach dem Messer in meiner Tasche. Ich zog es heraus, ohne dass Parnell es merkte. Meine Finger zitterten, aber ich schaffte es, mit dem Daumen die Klinge aufzuklappen.

»Ich hab's dir gesagt, Miss Dovey Coe. Ich verpass dir einen Denkzettel. Du mischst dich dauernd in Sachen ein, die dich nichts angehen! Du benimmst dich wie eine Glucke deinem Bruder gegenüber, du passt auf ihn auf, als wäre er der Jüngere und du die Ältere. Aber du kannst Amos nicht gegen alles abschirmen, no, Sir, kannst du nicht. Es geht nicht immer alles nach deinem Kopf.«

Blitzschnell hob Parnell den Arm und zielte mit dem Ziegelstein nach Tom. Da versteckte ich mein Messer nicht länger und stach zu. Aber es war zu spät. Der Ziegelstein flog durch die Luft. Mein Messer schlitzte Parnells Hemdsärmel auf, Blut sickerte aus der Wunde und färbte den Stoff.

Parnell stieß einen Schrei aus, schnellte herum und ging mit erhobenen Fäusten auf mich los. Kurz bevor die Fäuste auf mich niederprasselten, stieß ich noch einmal zu. Das ist das Letzte, woran ich mich erinnern kann.

Als ich zu mir kam, leckte Huck über mein Gesicht, und mein Kopf schmerzte, als wäre er auseinander gebrochen.

Mühsam richtete ich mich auf, presste die Hände gegen die Stirn und versuchte, den Schmerz, der wie ein Hammer in mir pochte, auszulöschen. Es dauerte eine Minute, bis ich mich erinnern konnte, wo ich war. Tom lag in der Ecke, steif, so steif, dass ich sofort wusste, er war tot. Tränen stiegen mir in die Augen, ich ließ sie laufen.

»Wie bist du hier reingekommen?«, fragte ich Huck, der zu Tom gegangen war und sich neben ihn gelegt hatte. Er stieß ein schwaches Wimmern aus. Ich sah mich um. Wie lange war ich bewusstlos gewesen?

Da sah ich Parnell.

Er lag auf dem Boden, genauso steif wie Tom, nicht weit von seinem Kopf einer dieser Metallkanister. Ich kroch zu ihm hin und legte meine Hand über seinen Mund. Er atmete nicht mehr.

»O Gott«, sagte ich laut. »O mein Gott.«

Die Ladenglocke bimmelte und eine Stimme rief: »Parnell? Bist du hier? Ich hab dein Abendessen schon fast eine Stunde auf dem Herd stehen.«

Es war Mrs. Lucy Caraway. Sie kam zur Tür des hinteren Raums und tastete nach dem Lichtschalter. Und entdeckte uns. »Um Gottes willen!«, schrie sie und lief zu Parnell. Sie legte das Ohr an seinen Mund, dann befühlte sie mit den Fingern seinen Hals. »Er ist tot! O mein Gott! Er ist tot!« Dann drehte sie sich zu mir um. »Du hast Parnell umgebracht! Du hast meinen Sohn ermordet!«

13

Ich durfte zu Hause wohnen bleiben, während ich auf meinen Prozesstermin wartete. Jemand, der eines schweren Verbrechens angeklagt ist, muss normalerweise ins Gefängnis, es sei denn, seine Familie kann eine hohe Summe bezahlen. Kaution nennt man das. Aber unser Sheriff befürchtete nicht, dass ich vor der Verhandlung die Stadt verlassen würde, deshalb ließ er Mama und Daddy ein Papier unterschreiben, in dem sie schriftlich ihre Verantwortung für mein Erscheinen vor Gericht erklärten. Die einzige Einschränkung war, dass ich vor der Verhandlung den Bezirk nicht verlassen durfte und hinterher erst, falls ich nicht schuldig gesprochen würde.

Es heißt, in Zeiten wie diesen erkennt man seine wahren Freunde. Für mich war Wilson Brown der einzige wahre Freund, den ich außer meiner Familie hatte. Leute, die immer freundlich zu mir gewesen waren, auch die, die auf Carolines Fest waren, wichen meinem Blick aus, wenn sie mich auf der Straße kommen sahen. Nicht, dass ich allzu oft in die Stadt ging. Ich hielt mich meistens zu Hause auf, half Mama oder zog mit Amos durch die Wälder.

Amos war nicht mehr der Alte, nachdem sie ihm Toms toten Körper gebracht hatten. Es war, als hätte jemand ein Stück von ihm abgeschnitten und als wüsste er nicht, ob er ohne das Stück auskommen würde. Es klingt vielleicht komisch, aber nachdem Tom tot war, wurde Amos sehr still. Er gab keinen Laut mehr von sich, gerade jetzt, nachdem er sein erstes Wort gesagt hatte. Gewöhnlich trieb er gern Schabernack, sprang plötzlich hinter Türen hervor und erschreckte Mama oder zeichnete Witzbilder und schmuggelte sie in meine Bücher, damit ich sie unerwartet fände. Aber jetzt machte er nur noch lange Wanderungen mit Huck und kam mit leeren Händen zurück, als sei das Jagen sinnlos, wenn nicht auch Tom dabei sein konnte. Zu Hause saß Amos auf seinem Bett, kraulte Hucks Kopf und starrte aus dem Fenster. Ich glaube, er hoffte immer, Tom würde über den Hügel kommen und sein Tod wäre nur ein böser Traum gewesen.

Hin und wieder kam Wilson zu Besuch und gab sich immer große Mühe, nett zu Amos zu sein. Er klopfte ihm auf die Schultern und einmal brachte er ihm einen besonders schönen Stein mit Quartzkristallen aus seiner Sammlung mit. Er forderte Amos auf, sich mit uns auf die Veranda zu setzen, aber Amos hatte nie Lust dazu. So blieben wir allein, Wilson und ich, aßen die Plätzchen, die uns MeMaw zum Trost vorbeibrachte, und schauten Comics an. Ab und zu sagten wir ein paar Worte, aber meistens schwiegen wir.

Ganz der Alte geblieben war allein Daddy. Nach der Unterzeichnung dieser Erklärung beim Sheriff musste ich mich an den Küchentisch setzen und er sah mir offen ins Gesicht. »Ich find's schrecklich, dass ich auch nur frage. Aber ich will es direkt von dir hören, damit ich nie den geringsten Zweifel habe. Du hast Parnell doch nicht umgebracht, Tochter?«

»Nein, Daddy«, sagte ich. »Ich hab's nicht getan.«

Er nickte. »Hab ich auch nicht geglaubt, dass du zu so was fähig wärst. Hoffentlich verzeihst du mir, dass ich gefragt habe.«

Er stand auf, um sich an seine Arbeit in der Scheune zu machen, aber bevor er aus der Küche ging, drehte er sich um und fragte: »Hast du eine Ahnung, wer's gewesen sein könnte?«

»Ich hab nicht die geringste Ahnung, Daddy«, sagte ich. »Als ich zu mir gekommen bin, lag Parnell auf dem Boden und war tot. Ich hab nicht gesehen, wer's war.«

»Kann jeder gewesen sein«, antwortete Daddy, bevor er aus der Tür ging.

Mit diesem Gespräch schien für Daddy alles erledigt.

Wenn ich Parnell nicht umgebracht hatte, konnte ich auch auf keinen Fall für schuldig befunden werden, davon war er felsenfest überzeugt. Er sagte, er habe Vertrauen in das Justizsystem und die Wahrheit werde schon ans Licht kommen. Ich war da nicht so sicher.

Wir hatten nicht viel Geld für einen Anwalt, deshalb teilte uns der Richter einen Pflichtverteidiger aus dem Bezirk Wilkes zu. Daddy bestand darauf, für die Dienste dieses Anwalts jede Woche eine kleine Summe zu bezahlen, obwohl der Richter gesagt hatte, wir müssten nichts zahlen. Aber so etwas konnte Daddy nicht haben. Wie gesagt, er war keiner, der Almosen annahm.

Der Anwalt kam eine Woche vor der Gerichtsverhandlung, um mit uns den Fall zu besprechen. Mr. Thomas G. Harding war ein gut aussehender Mann um die fünfundzwanzig oder so. Er parkte seinen Wagen auf dem Hof, und als er auf die vordere Veranda kam, begrüßte Daddy ihn an der Tür. »Sie sind wohl der Anwaltsgehilfe?«

»Nein, Mr. Coe«, antwortete Mr. Thomas G. Harding und klopfte auf das Revers seines grauen Jacketts. »Ich bin tatsächlich der Anwalt selbst.«

»Sie sehen nicht alt genug für einen Anwalt aus«, sagte Daddy.

»Ich versichere Ihnen, Mr. Coe, ich bin wirklich Anwalt. Ich habe mein Jurastudium an der Universität North Carolina, Chapel Hill Campus, abgeschlossen.«

Daddy führte Mr. Harding schnell ins Haus. »Sagen Sie das hier nicht so laut. Die Leute trauen Anwälten aus der Stadt nicht. Schon allein deshalb könnte der Richter gegen Dovey entscheiden.«

Mr. Harding lachte und stellte seine Aktentasche auf den Küchentisch. »Es soll unter uns bleiben, Mr. Coe. Nun, wo ist Miss Dovey? Ah, das muss sie sein.« Er kam auf mich zu und hielt mir die Hand hin. »Freut mich, Sie kennen zu lernen. Wir wollen uns setzen und Ihren Fall besprechen.«

Ich setzte mich ihm gegenüber an den Tisch und musterte den vornehmen Schnitt seines Anzugs und seinen schicken Haarschnitt. »Warum machen Sie das?«, fragte ich.

»Wie meinen Sie das, Miss Dovey?«

»Mcincn Fall übernehmen. Wenn ich mal nach dem Äußeren gehe, sind Sie nicht gerade der Typ, der Wohltätigkeitsarbeit macht.«

Wieder lachte Mr. Harding. Er schien ein lustiger Kerl zu sein. »Erst mal, Miss Dovey, wenn eine Arbeit bezahlt wird, ist es keine Wohltätigkeitsarbeit. Und warum ich Ihren Fall übernommen habe, nun, es gehört zu meinem Beruf, dass ich Leute verteidige, die sich keinen teuren Privatanwalt leisten können. Genau genommen ist das einer der Gründe, warum ich Jura studiert habe.«

»Um sich für arme Leute einzusetzen?«

»Ja«, antwortete Mr. Harding. »Auf gewisse Weise, ja. Ich vertrete die, die sich keinen Vertreter vor Gericht leisten können. Freiheit und Gerechtigkeit für alle, daran erinnere ich gern, wenn Leute vergessen, dass die Gesetze unseres Landes nicht nur für die Reichen gelten.«

»Sie sind doch ein richtig studierter Anwalt?«, sagte ich. »Sicher bekommen Sie eine Menge Geld, wenn Sie sich so einen Anzug leisten können.«

»Nein, Miss Dovey«, sagte er und klappte seine Aktentasche auf. »Viel verdiene ich nicht. Diesen Anzug hat mir mein Vater bezahlt, der sich ganze Schränke voll solcher Sachen leisten kann. Sie sagen wohl immer frei heraus, was Sie denken, nicht wahr?«

»So frei, dass sie sich noch um Kopf und Kragen redet«, sagte Daddy von der Spüle her.

Mr. Harding lächelte. »Gut. Ich mag Leute, die ehrlich sind. Die meisten haben zu viel Angst, um aufrichtig zu sagen, was sie denken.«

»Das glaube ich auch«, sagte ich. »Die meisten sind Feiglinge, wenn sie mal offen ihren Standpunkt klar machen sollen. Aber ich bin nicht so.«

»Dann haben wir etwas gemeinsam, Miss Dovey. Es würde mich nicht wundern, wenn sich herausstellen sollte, dass wir vieles gemeinsam haben.«

Wir lächelten uns zu, und ich entschied für mich, dass ich Thomas G. Harding ganz gut leiden mochte.

Eine Stunde lang redeten wir über die Ereignisse an dem Abend, an dem Parnell ermordet wurde. Ich schilderte ihm ein wenig den Hintergrund der Situation: wie Parnell und ich nie miteinander ausgekommen waren, wie Parnell das ganze Jahr um Caroline herumscharwenzelt war und sie ihn trotzdem abgewiesen hatte. In einem Wirrwarr von Notizen schrieb Mr. Harding alles auf einen gelben Schreibblock, den er mitgebracht hatte. Als ich ihm alles gesagt hatte, was ich wusste und was irgendwie mit meinem Fall zusammenhängen konnte, lehnte er sich zurück und fragte: »Welche Motive wird der Anwalt der Gegenseite, der Staatsanwalt, anführen, die Sie zum Mord an Parnell veranlasst haben könnten? Was meinen Sie?«

»Ich habe Parnell nicht umgebracht, das habe ich Ihnen schon erklärt«, sagte ich.

»Ja, Miss Dovey, Sie haben es mir gesagt und ich glaube Ihnen. Aber der Staatsanwalt wird das Gegenteil behaupten und die Geschichte so darstellen, dass er damit begründen kann, warum Sie es eben doch getan haben. Was meinen Sie, wird er sagen?«

Ich dachte einen Augenblick nach. »Er wird vielleicht sagen, nachdem Parnell Tom umgebracht hatte, wäre ich so wütend geworden, dass ich ihm diesen Wasserkanister über den Kopf geschlagen habe.«

Mr. Harding nickte. »Ich denke, Sie haben Recht, Miss Dovey. Lassen Sie uns die Geschichte ruhig weiterhin von allen Seiten betrachten, jeden Stein umdrehen, sozusagen. Wir wollen auf alles gefasst sein.«

Er erhob sich und schob seine Unterlagen in die Aktentasche.

»Und? Steht ihre Sache gut, Mr. Harding?«, fragte Daddy.

»Ich hoffe, Mr. Coe. Ich hoffe sehr.«

Das waren nicht die tröstlichsten Worte, die ich je gehört hatte, und ich merkte, dass auch Daddy nicht damit zufrieden war. Er begleitete Mr. Harding hinaus auf die Veranda und erklärte ihm den Weg zum Büro des Sheriffs. Mr. Harding wollte mit Sheriff Douglas ein paar Einzelheiten klären, bevor er sich wieder auf den Weg nach Wilkes machte. Als Daddy hereinkam, klopfte er mir auf die Schulter und sagte: »Wird schon werden, Tochter. Mach dir keine Sorgen.« Aber in seinen Worten lag große Sorge.

Am Tag der Verhandlung standen wir früh auf und zogen unsere besten Sachen an. Mr. Harding hatte gesagt, es sei wichtig, dass ich aussehe wie auf dem Weg zur Sonntagsschule, damit Richter und Geschworene sich eine gute Meinung von mir bildeten. Ich zog das gelbe Kleid an, das ich an Carolines Fest getragen hatte, und Mama kämmte mein Haar so, dass sich meine Ponyfransen schön kräuselten. Als sie fertig war, sah ich aus wie eine nette, ordentliche Bürgerstochter.

»Dovey«, sagte Mama zuletzt und sah mich ernst an. Ich erwartete einen Vortrag über damenhaftes Verhalten, an das ich während der Verhandlung denken sollte. Stattdessen sagte sie: »Ich möchte, dass du nicht vergisst, dass Gott auf seine Kinder aufpasst. Viele Leute haben viel für dich gebetet und diese Gebete musst du mit dir in den Gerichtssaal nehmen. Denk daran, falls du auf einmal Angst bekommst, die Sache könnte nicht zu deinen Gunsten ausgehen.«

»Ja, Mama«, versprach ich und legte den Kopf auf

ihre Schulter. Sie tätschelte mein Haar und küsste mich auf die Wange.

»Dann hol Amos«, sagte Mama und stand auf. »Ich denke, wir sollten jetzt fahren.«

Amos' Tür war halb angelehnt. Ich stieß leicht mit dem Fuß dagegen, sie schwang auf und da saß Amos mit dem Rücken zu mir auf seinem Bett und schrieb eifrig etwas auf ein weißes Blatt Papier. Er musste mein Eintreten gespürt haben, denn sofort, als ich einen Schritt ins Zimmer tat, drehte er sich um. Hastig faltete er das Papier zu einem kleinen Quadrat zusammen.

»Jetzt ist nicht die Zeit zum Briefeschreiben, Bruder«, sagte ich. Amos zog die Schultern hoch, als hätte er keinen blassen Schimmer, wovon ich sprach. Ich ging hinter ihm her zu unserem Wagen und überlegte, was er wohl vorhatte. Amos stieg mit Huck hinten auf, beide mit ängstlichen Gesichtern.

Auf den Stufen vor dem Gerichtsgebäude drängten sich schon die Leute, die gekommen waren, um bei der Verhandlung dabei zu sein.

Daddys Cousin Ray hatte Caroline von Boone herübergebracht. Als sie den Wagen sah, lief sie auf uns zu.

»Wie können sie nur glauben, du würdest so was Schreckliches tun und Parnell Caraway umbringen?«, sagte sie in mein Ohr und umarmte mich fest. Sie weinte.

Mr. Harding kam zu uns und gab Daddy die Hand. Er stellte sich Caroline vor, beachtete sie aber danach kaum noch. Er war der erste Mann, den ich kannte, der scheinbar mehr Interesse an mir als an meiner Schwester hatte.

Als wir uns umdrehten und hineingingen, legte mir Mr. Harding den Arm um die Schultern. »Alles klar, Miss Dovey?«

Ich nickte, und dann gingen wir alle in das Gerichtsgebäude, außer Huck natürlich. Amos band ihn draußen an einen Baum und gab ihm einen Knochen, auf dem er herumkauen konnte. Normalerweise machte sich Amos nicht die Mühe, Huck anzubinden, da Huck ohnehin Angst vor Fremden hat und sich nie mit irgendwem einlässt. Vor Leuten, die er nicht kennt, läuft er weg, es sei denn, sie sind auf unserem Grundstück. Dann rennt er schnurstracks auf sie zu und beschnüffelt sie, um festzustellen, dass sie nichts Böses im Schilde führen.

Aber an diesem Tag ging Amos kein Risiko ein. Ganz sicher dachte er daran, was beim letzten Mal passiert war, als Tom und Huck nicht bei ihm waren.

14

Der Staatsanwalt, so nennt man den Anwalt der Gegenseite, war ein Mann namens Mr. Tobias Jarrell. Ich fand, er sah komisch aus. Sein Kinn war kaum zu erkennen und seine Augen wölbten sich nach außen wie bei einem Frosch. Aber er war ein gewandter Kerl, das musste ich zugeben. Er konnte die Wörter aneinander reihen und zum Glänzen bringen wie Lichterketten an einem Weihnachtsbaum.

»Wir haben es hier mit einem klar einzuordnenden Fall zu tun, Euer Ehren«, so begann Mr. Jarrell seine Beweisführung gegen mich. Er sagte »Euer Ehren«, sah aber die Leute im Gerichtssaal an. Nach der Art, wie er beim Sprechen auf und ab ging und ausgedehnte, theatralische Pausen einlegte, kam man unwillkürlich auf den Gedanken, dass er sich als Hauptdarsteller auf einer Theaterbühne sehr wohl fühlen würde. »Als Staatsanwalt des Bezirks Watauga ist es meine Aufgabe, dem Hohen Gericht die Fakten und nichts als die Fakten zu präsentieren. Ich freue mich, sagen zu können, dass in diesem Fall die Fakten für sich sprechen.«

»Dann schlage ich vor, Sie lassen sie sprechen«, sagte Richter Lovett M. Young. Er schien von Mr. Jarrells schauspielerischem Talent nicht im Geringsten beeindruckt.

Wegen meines jugendlichen Alters würde allein der Richter über mein Schicksal entscheiden, und es beruhigte mich, dass er offenbar ein vernünftiger Mensch war.

»Einverstanden, Euer Ehren.« Mr. Jarell machte eine leichte Verbeugung zum Richter hin. »Die Fakten, die ich Ihnen hier darlegen möchte, sind einfach. Ein junges Mädchen in Wut. Ein junges Mädchen mit einem Messer. Ein aufrechter, anständiger junger Mann. Bittere Worte, bittere Gefühle. Der junge Mann in der Blüte seiner Jahre niedergestochen. Das junge Mädchen dieses schändlichen Verbrechens schuldig.«

»Diese Coes sind Gesindel«, sagte Paris Caraway leise und boshaft von der anderen Seite des Ganges her.

»Pass lieber auf dich selber auf, Paris Caraway«, sagte ich laut und deutlich zu ihr. Mr. Harding, der rechts von mir saß, griff nach meinem Handgelenk und sah mich streng an. »Miss Dovey«, sagte er leise und eindringlich, »ich muss Sie bitten, auf keinerlei Zwischenbemerkungen in diesem Gerichtssaal zu antworten, ganz gleich, wie sehr Sie sich möglicherweise darüber ärgern.«

Ich nickte, als hätte ich verstanden, trotzdem sah ich rot, wenn ich zu Paris Caraway hinschaute, die wie eine Königin auf ihrem Platz thronte. Alle Bankreihen waren besetzt mit Leuten, die gekommen waren, um das Spektakel zu sehen, und von dem Augenblick an, als ich den Saal betreten hatte, konnte ich ihre Blicke auf mir spüren, als wäre ich ein aus der Manege entlaufenes Zirkustier.

Mama, Daddy, Caroline und Amos saßen auf der Bank unmittelbar hinter dem Verteidigertisch, an dem ich mit Mr. Harding Platz genommen hatte. Caroline konnte ich kaum anschauen, in ihrem Gesicht stand so viel Jammer und Elend, und Mama und Daddy wollte ich nicht anschauen, aus Angst, ich könnte losheulen.

Ab und zu sah ich kurz zu Amos hin und überlegte, was er auf dieses Papier geschrieben haben mochte. Der Gedanke daran machte mich nervös. Sobald ich mich zu Amos umdrehte, kam jedes Mal eine Heidenangst in mir hoch, dann musste ich mich erst wieder zur Konzentration auf die Verhandlung ermahnen.

Die erste Zeugin, die Mr. Jarrell aufrief, war Parnell Caraways Mutter, Mrs. Lucy Caraway. Ich fand es überhaupt nicht gerecht, sie als Zeugin zu hören, weil sie natürlich nichts als Gutes über ihren Sohn sagen würde und nichts als Schlechtes über mich und meine Familie.

Mrs. Caraway hatte ein weißes Taschentuch in der Hand, und nachdem sie sich gesetzt hatte und vereidigt worden war, betupfte sie damit alle paar Sekunden ihre Augen, als könnte sie nie mehr zu weinen aufhören.

Mit traurigem Gesicht, durch und durch erschüttert, als würde er gleich selbst zu weinen anfangen, ging Mr. Jarrell auf sie zu.

»Mrs. Caraway, Sie haben die Leiche Ihres Sohnes gefunden, nicht wahr?«

Mrs. Caraway schniefte in ihr Taschentuch und nickte.

»Bitte antworten Sie laut und deutlich, damit das Gericht Sie hören kann, Mrs. Caraway«, belehrte Mr. Jarrell sie.

»Ja, ich habe ihn gefunden«, antwortete Mrs. Caraway mit zittriger Stimme. »Er lag im Laden meines Mannes, im Hinterzimmer. Und das gottlose Mädchen da ist direkt über ihm gestanden. Oh, sie hat's getan. Sie hat meinen Jungen umgebracht.«

Mr. Jarrell nickte. »Hat sie etwas zu Ihnen gesagt, Mrs. Caraway?«

»O nein, sie stand nur da, stumm wie ihr Bruder. Hat kein Wort gesagt. Nichts erklärt.«

»Mrs. Caraway, ich weiß, es ist schwer für Sie.« Mr. Jarrell trat noch näher an sie heran und tätschelte ihre Hand. »Aber ich möchte, dass Sie Richter Young von ihrem verstorbenen Sohn Parnell erzählen. Was war er für ein Mensch?«

»Parnell konnte schwierig sein, das gebe ich zu«, sagte Mrs. Caraway.

Ich fiel fast von meinem Sitz. Ich kenne eine ganze Reihe von Leuten, die ähnlich über Parnell reden würden, aber nie hätte ich geglaubt, dass auch seine Mutter etwas »Schwieriges« an Parnell sehen würde.

»Schwierig?« Betont theatralisch zog Mr. Jarrell eine Augenbraue hoch. »Inwiefern?«

Mrs. Caraway seufzte. »Ach, ich weiß nicht. Vielleicht haben wir ihn ein bisschen verzogen. Er war so ein netter, lebhafter, pfiffiger kleiner Junge, dass man ihm schwer was ausschlagen konnte. Irgendwann hat er dann gedacht, die ganze Welt muss ihm zu Füßen liegen.« Sie sah zu Richter Young auf. »Aber was Parnell auch je getan hat, die Strafe, ermordet zu werden, hat er durch nichts verdient. Er war kein schlechter

Junge, nur willensstark war er, nach seinem Kopf sollte es gehen.«

Mr. Harding nickte. »Klug. Äußerst geschickt ist das«, flüsterte er mir zu.

»Was ist daran geschickt?«, flüsterte ich zurück. Was konnte klug daran sein, wenn man schlecht von seinem Kind sprach?

»Parnell *war* schwierig«, sagte Mr. Harding mit gedämpfter Stimme. »Die Anklageseite sagt das gleich, bevor wir Gelegenheit dazu haben. Eine Feststellung, die beim Richter Gewicht haben wird.«

Ich sank auf meinem Sitz zusammen. Die anderen bekamen Pluspunkte für ihre Erklärung, dass Parnell ein Schuft war. Das kam mir nicht gerecht vor.

»Mrs. Caraway, erzählen Sie dem Gericht etwas über den vergangenen Sommer. Über Parnells Aktivitäten.«

Mrs. Caraway schnäuzte in ihr weißes Taschentuch. »Dieser Sommer, ja. Ich weiß nicht, was sich der Junge dabei gedacht hat, dass er diesem Coe-Mädchen so nachgestiegen ist, jede freie Minute am Tag.«

»War es Miss Dovey Coe, der er nachgestiegen ist?«, fragte Mr. Jarrell.

»Du lieber Gott!«, rief ich laut. Mr. Harding stieß mich an und Richter Young warf mir einen strengen

Blick zu. Aber wie konnten sie erwarten, dass ich bei einer solchen Frage ruhig blieb?

»O nein«, sagte Mrs. Caraway und lachte ein bisschen. »Es war die Ältere. Caroline. Sie ist ein hübsches Mädchen, aber diese Familie, na ja, das sind primitive Leute. Dass John Coe keinen Fuß in ein Gotteshaus setzt, weiß jeder. Ich könnte mir denken, dass ihr Junge deshalb taub geworden ist. John Coe ist ein gottloser Mann und die Gottlosen bestraft der Herr.« Bevor Mrs. Caraway weitersprach, hüstelte sie geziert in ihr Taschentuch. »Oh, ich könnte Ihnen etliche Geschichten über diese Familie erzählen. Sollte mich wundern, wenn von denen nur *einer* im Gefängnis landet.«

Mr. Harding war aufgesprungen. »Einwand, Euer Ehren! Das ist verleumderisch!«

»Einwand stattgegeben«, antwortete Richter Lovett M. Young. Das bedeutete, dass er Mr. Harding in diesem Punkt Recht gab.

Mr. Jarrell strich seine Krawatte glatt und räusperte sich. »Euer Ehren, ich versuche lediglich, eine detaillierte Schilderung dieses Sommers zu geben, eine Beschreibung des Umfelds, aus dem heraus es zu diesen schrecklichen Ereignissen kam. Der familiäre Hintergrund der Angeklagten, der alles andere als ideal ist, hat große Bedeutung für diesen Fall.«

Mr. Harding hatte die Hand fest auf meinen Arm gelegt. Er ahnte, dass ich am liebsten über den Tisch gesprungen wäre und Mr. Jarrell eine Ohrfeige verpasst hätte. Sich vorzustellen, dass dieses Froschgesicht solche Sachen sagen durfte! Ich kann euch sagen, ich brannte vor Wut.

»Euer Ehren«, sagte Mr. Harding, und es hörte sich an, als sei das Ganze eine harte Geduldsprobe für ihn. »Bitte! Das ist einfach absurd!«

Richter Young schlug mit seinem Hammer auf den Tisch und bei dem Geräusch machte Mrs. Caraway einen kleinen Hüpfer auf ihrem Platz.

»Mr. Jarrell, in Anbetracht der Tatsache, dass der Familienhintergrund tatsächlich einen Hinweis auf die Beweggründe für das Handeln eines jungen Menschen liefern kann, gestehe ich Ihnen einen gewissen Spielraum in Ihrer Argumentation zu. Aber achten Sie streng darauf, Sir, dass Sie Behauptungen in Bezug auf den Charakter dieser Menschen mit eindeutigen und konkreten Beweisen untermauern. Gerüchte und versteckte Andeutungen dulde ich nicht in meinem Gerichtssaal!«

Mr. Jarrell machte einen kleinen Bückling. »Selbstverständlich, Euer Ehren«, sagte er und bemühte sich um einen unterwürfigen Tonfall. Aber ich sah, wie sich seine Lippen zu einem winzigen Lächeln kräuselten, so, als meinte er, hier einen Siegpunkt gemacht zu haben. Er wandte sich wieder an Mrs. Caraway. »Nun, Mrs. Caraway, Sie sind allgemein bekannt als eine Frau, die nicht unbedingt Klatsch und Tratsch in der Gemeinde verbreitet. Erzählen Sie also dem Gericht, wenn Sie möchten, was Sie zu der Annahme führt, dass die Coes ihren Kindern kein ordentliches Umfeld bieten.«

»Na ja, jeder weiß doch, dass John Coe die Flasche liebt.« Mrs. Caraway machte ein strenges Gesicht. »Ich habe es selbst von Leuten gehört, die im Laden meines Mannes waren. Zufällig habe ich aufgeschnappt, wie jemand zu Johnny Hampton gesagt hat, John Coes Kornschnaps ist nicht zu verachten.«

»Einwand, Euer Ehren! Diese Aussage basiert auf Klatsch, um nicht zu sagen auf kompletter Erfindung!«, rief Mr. Harding.

»Stattgegeben«, erwiderte Richter Young. Er machte allmählich den Eindruck, als hätte er genug von all dem Gejammer und bräuchte dringend eine Pause, was ich als gutes Zeichen wertete. Mir hingen diese Lügen über meinen Daddy schon längst zum Hals heraus. John Coe war kein Kirchgänger, gut, aber das hieß noch lange nicht, dass er ein Hinterwäldler mit geheimer Schnapsbrennerei war.

Wieder räusperte sich Mr. Jarrell. »Mrs. Caraway, haben Sie persönlich gesehen, dass Mr. Coe getrunken hat?«

»Ich glaube, mein Sohn Parnell hat mal gesagt, als er zu Besuch dort war, John Coe hätte eine Fahne gehabt.«

»Euer Ehren«, sagte Mr. Harding und hob die Hände gen Himmel, als sei das alles zu lächerlich, um ernst genommen zu werden.

Richter Young sah Mr. Jarrell ins Gesicht. »Sir, unterlassen Sie ab sofort derlei Fragestellungen. Ich habe Ihnen schon einmal gesagt, dass ich Geschwätz und versteckte Anspielungen in meinem Gerichtssaal nicht dulde, und doch scheint dies alles zu sein, was Sie hier präsentieren. Ich lege Ihnen nahe, Sir, dass Sie auf der Stelle nach einer anderen Verhandlungsweise vorgehen, sonst muss ich Ihnen eine Rüge wegen ungebührlichen Verhaltens erteilen!«

»Verzeihung, Euer Ehren!«, sagte Mr. Jarrell so bedauernd wie möglich. »Wir werden mit anderen Punkten fortfahren.«

»Also, dann«, antwortete Richter Young und lehnte sich zurück.

Ich stupste Mr. Harding gegen die Schulter. »Ich glaube, dieser Richter Young mag uns«, flüsterte ich. Ich spürte den ersten Hoffnungsschimmer an diesem

Vormittag. »Er scheint ganz auf unserer Seite zu stehen.«

»Er tut nur seine Arbeit, Miss Dovey«, flüsterte Mr. Harding zurück. »Wir haben noch einen sehr langen Weg vor uns. Das dürfen wir nicht vergessen.«

Mr. Jarrell hatte sich wieder zu Mrs. Caraway umgedreht und betrachtete sie einen Moment, als überlege er, ob sich ihre weitere Befragung lohnen würde. Schließlich zuckte er die Schultern und sagte mit einem Blick auf Mr. Harding: »Ich überlasse die Zeugin zur weiteren Befragung dem Herrn Verteidiger.«

Mr. Harding stand auf und räusperte sich, dann räusperte er sich noch einmal. Wie ein Schlagmann beim Baseball, dachte ich, der schwingt seinen Schläger, holt aus und rennt dann zum Schlagmal, dass der Dreck nur so spritzt. Ich hatte nicht den geringsten Zweifel, dass wir den Prozess gewinnen würden.

Zufrieden lehnte ich mich zurück und wartete ungeduldig darauf, dass Mr. Harding diese gemeine Mrs. Lucy Caraway gehörig in die Mangel nehmen würde wegen all der Lügen, die sie erzählt hatte.

Mr. Harding gab einen krächzenden Laut von sich

und lief rot an. Während er sich mit der Hand durch das Haar fuhr, brachte er endlich heraus: »Die Verteidigung hat im Augenblick keine Fragen an die Zeugin, Euer Ehren.«

Dann setzte er sich wieder hin.

15

Ich dachte, mir würde gleich der Kopf abspringen, so wütend war ich. »Was ist denn mit Ihnen los?«, fragte ich unwillkürlich. »Sie sind ja so nervös, als ob das Ihr erster Prozess wäre!«

Mr. Harding sah auf seine Papiere, unterstrich hier und da ein Wort mit seinem Füller. Sein Gesicht war noch immer gerötet, aber er gab sich ruhig und gefasst. »Es *ist* mein erster Prozess, Miss Dovey. Aber das hat nichts mit meinem Auftreten zu tun. Ich habe einfach keinen Grund zu weiteren Fragen gesehen. Mrs. Caraway hat selbst für genug Zweifel gesorgt.«

Mir blieb keine Zeit für eine Antwort, weil Mr. Jarrell inzwischen Paris Caraway in den Zeugenstand gerufen hatte. Ich musste also bis zur Mittagspause warten, bis ich Mr. Harding meine ganze Unzufriedenheit spüren lassen konnte.

Eins muss man sagen, Paris Caraway war mächtig raffiniert. Ich kannte sie seit unserer Kinderzeit, und sie war nie, was man einen Engel nennen könnte.

Aber an diesem Tag sah sie aus, als hätte sie den lieben Gott persönlich bei sich. Ihr Kleid war weiß mit einer gelb gestickten Gänseblümchenborte um den Saum. Es war ein Kleid, wie Paris es zuletzt vielleicht als Achtjährige am Ostersonntag beim Kirchgang getragen hatte, aber das konnte der Richter natürlich nicht wissen.

Paris ließ sich im Zeugenstand nieder und schwor feierlich auf die Bibel, dass sie nichts als die Wahrheit sagen werde. Ich für mein Teil glaubte ihr nicht, und wie sich herausstellte, war mein Misstrauen berechtigt.

»Miss Caraway«, begann Mr. Jarrell, und es klang, als wäre er eher in der Stimmung für ein freundliches Gespräch als für eine Zeugenbefragung in einem Mordprozess. »Wenn Sie dem Gericht bitte erzählen möchten, wie Sie Miss Coe am Abend des zweiundzwanzigsten August zum Laden Ihres Vaters gefahren haben, damit sie ihren Hund abholen konnte?«

Paris sah die Geschworenen an und begann mit trauriger Stimme zu sprechen, als fiele ihr das Reden über diese Dinge schwer. Hinter mir hörte ich jemanden murmeln: »Armes Kind.«

»Also, Parnell hat mich zu Dovey nach Hause geschickt«, sagte Paris mit schüchternem Blick, strich die Falten in ihrem Kleid glatt und zupfte an einem Faden. »Er hat sich nämlich Sorgen gemacht, der Hund von Amos Coe könnte jemanden beißen. Sie wissen schon, der Hund war anscheinend von dieser Sorte. Parnell ist mal als kleiner Junge von einem Hund gebissen worden und das hat er nicht vergessen.«

Mr. Jarrell machte ein sorgenvolles Gesicht, als sei er bis ins Mark erschüttert von der Vorstellung, dass Parnell als Kind gebissen worden war. Dann strich er sich über das Kinn, wie um eine schwer wiegende Überlegung durch eine passende Geste zu betonen. »In was für einer Verfassung war Miss Coe, als Sie sie zu Hause antrafen?«

»Nervös. Fahrig«, antwortete Paris und rutschte zur Verdeutlichung ein wenig auf ihrem Sitz hin und her. »Sie saß auf der Stufe der vorderen Veranda und polierte ein Messer. Ich hatte fast ein bisschen Angst. Dovey kam mir irgendwie aufgewühlt vor. Wir waren jahrelang befreundet, aber in einer solchen Verfassung habe ich sie noch nie gesehen.«

»Darf sie denn solche Lügen erzählen, ohne dass jemand was dagegen sagt?«, flüsterte ich Mr. Harding zu, aber er winkte ab, ich solle ruhig sein.

Ich fragte mich, ob es für die Suche nach einem anderen Anwalt schon zu spät war.

»Bitte fahren Sie fort, Miss Caraway«, forderte Mr. Jarrell Paris auf.

»Na ja«, sagte Paris und beugte sich vor, »ich habe also zu Dovey gesagt, sie soll diesen Hund abholen, da ist sie wütend geworden. ›Warum muss denn ich alles machen?‹, wollte sie wissen. Und dann hat sie was Merkwürdiges gesagt. Was ganz besonders Merkwürdiges.«

»Was war das, Miss Caraway?«

Paris senkte ein bisschen die Stimme, als wolle sie den Leuten gleich das beste Geheimnis verraten, das sie je gehört hatten. Ich spürte, wie sich hinter mir die Zuschauer auf ihren Plätzen aufrichteten, um besser hören zu können. »Sie hat gesagt, wörtlich, ›Wenn Parnell den Hund loswerden will, warum sagt er's dann nicht Caroline, dass sie ihn holen soll?‹ Also, erst bin ich nicht schlau daraus geworden. Jeder wusste, dass Caroline nicht mehr in der Stadt war, und außerdem, was hatte der Hund im Laden von meinem Daddy mit Caroline zu tun? Es war mir ein Rätsel.«

Sie legte eine Pause ein, blickte durch den Gerichtssaal und untermalte ihre Verblüffung, indem sie große Augen machte und die Schultern hochzog.

»Aber dann habe ich zwei und zwei zusammengezählt. Dovey war wütend über den Heiratsantrag, den Parnell Caroline gemacht hatte. Na ja, Dovey war eifersüchtig. Wahrscheinlich hätte ich ihr schon damals sagen sollen, dass Parnell seinen Antrag gar nicht ernst gemeint hatte. Nicht die Bohne hat er sich aus Caroline Coe gemacht. Aber irgendwas an Doveys nervösem Zustand warnte mich und da habe ich lieber doch nichts gesagt. Ich wollte sie nicht aufregen.«

Mir war, als hätte ich eins über den Kopf bekommen, und zwar mit einem Stein von der Größe von ganz Tennessee, so verblüfft war ich. Wenn Paris Caraway überhaupt irgendwas wusste, dann das, dass mich schon allein der Anblick ihres Bruders gewurmt hatte.

Und doch erzählte sie hier solche Märchen und log, dass sich die Balken bogen.

Wäre nicht meine Freiheit auf dem Spiel gestanden, hätte ich laut gelacht über diese ganze lächerliche Veranstaltung.

Mr. Harding schrieb etwas auf seinen gelben Notizblock und schien selbst ein bisschen fassungslos. Ich legte den Kopf schräg, um seine Worte lesen zu können. **VERBRECHEN AUS LEIDENSCHAFT** stand da groß und fett.

»Unglaublich, das alles«, flüsterte ich ihm zu. »Wenn ich Parnell umgebracht hätte, dann ganz bestimmt nicht deshalb, weil ich in ihn verliebt war. Das weiß jeder.«

Mr. Harding nickte nur.

Nachdem Mr. Jarrell ein paar Mal theatralisch vor dem Zeugenstand auf- und abgegangen war, blieb er unvermittelt stehen und wandte sich an Paris. »Lassen Sie sehen, Miss Caraway, ob ich Sie richtig verstanden habe. Sie glauben also, Miss Dovey Coe war eifersüchtig wegen der vermuteten Zuneigung Ihres Bruders zu Caroline Coe?«

Paris nickte. »Ja, Sir.«

Mr. Jarrell sah Paris durchdringend an. »Nach allem, was man hört, konnten Ihr Bruder und Miss Dovey Coe einander nicht besonders gut leiden. Und Sie wollen uns glauben machen, dass Dovey Coe in Wahrheit etwas für Ihren Bruder übrig hatte?«

Das war genau meine Frage. Es irritierte mich nur, dass ich sie vom Anwalt der Gegenseite hörte.

Paris zog die Schultern hoch. »Das war auch für mich ein Schock. Aber dann ist mir etwas eingefallen, was meine Mutter einmal gesagt hat. Sie hat gesagt, Leute, die sich scheinbar am meisten hassen, sind manchmal diejenigen, die sich am meisten lieben. Verstehen Sie? Wie manche Jungen, die einen auf dem Spielplatz mit Steinen bewerfen und einen eigentlich gern küssen würden. Ich denke, genauso ist es Dovey mit Parnell gegangen.«

Bei Paris' Antwort hatte ich unwillkürlich das Gefühl, dass dieses ganze Frage-und-Antwort-Spiel eingeübt worden war wie ein Stück von Shakespeare. Die Antworten, fand ich, passten eine Spur zu perfekt auf die Fragen.

»Miss Caraway, hat Dovey Coe auf der Fahrt den Berg hinunter zum Laden Ihres Vaters etwas gesagt, worin Sie eine Andeutung sehen, dass sie sich an Ihrem Bruder irgendwie rächen wollte?«

»Die meiste Zeit während der Fahrt war sie ziemlich schweigsam«, antwortete Paris. »Obwohl, sie hat davon geredet, dass sie aus Indian Creek wegwill, und zwar je früher, umso besser. Das hat mich traurig gemacht, wirklich. Später kam mir dann der Gedanke, dass sie wahrscheinlich geplant hat, die Stadt zu verlassen, sobald sie Parnell umgebracht hätte.«

»Einwand!«, rief Mr. Harding, der endlich wieder in Schwung kam. »Das ist die Meinung der Zeugin und gehört nicht in ihre Aussage.«

»Stattgegeben«, erwiderte der Richter. Es war die erste positive Äußerung für uns seit geraumer Weile.

Ich kam mir allmählich so hilflos wie ein Baby vor. Paris durfte eine Lüge nach der anderen erzählen und ich konnte sie nicht daran hindern. Ihr Wort stand gegen meines, und es sah so aus, als würde mich der Richter nach Charlotte in das Heim für straffällig gewordene Mädchen abschieben, bevor ich überhaupt Gelegenheit dazu bekäme, meine Version der Geschichte zu erzählen.

»Es tut mir Leid, Euer Ehren«, sagte Paris und sah auf ihre auf dem Schoß gefalteten Hände. »Ich wollte nichts Unpassendes sagen.«

»Bleiben Sie in Ihrer Aussage schlicht und einfach bei den Fakten, junge Dame«, sagte Richter Young. Er hörte sich an wie ein netter Onkel, jedenfalls kein bisschen empört.

»Ja, Sir, Euer Ehren«, antwortete Paris und schenkte dem Richter ein reizendes Lächeln.

Mr. Jarrell nickte den Leuten im Gerichtssaal zu, wahrscheinlich war er stolz auf seine Starzeugin, die sich vor all den Leuten so damenhaft zu benehmen wusste.

Dann wandte er sich ein letztes Mal an Paris. »Miss Caraway, bevor Dovey Coe aus dem Wagen stieg, hat sie da irgendetwas gesagt oder getan, das Ihnen verdächtig erschien?«

Ich lehnte mich zurück und machte mich gefasst auf Paris' Worte, die mich mit Sicherheit endgültig erledigen würden. Ohne mich umzudrehen, spürte ich, dass Paris den ganzen Saal auf ihrer Seite hatte –

nur weil sie nett auftrat und ein hübsches Kleid anhatte. Ich wage zu behaupten, wäre Paris Caraway in diesem Moment zu Bürgermeisterwahlen angetreten, sie wäre gewählt worden.

Paris zwirbelte eine Haarsträhne um ihren Zeigefinger und schüttelte langsam den Kopf. »Wie gesagt, sie war irgendwie nervös, aber etwas Verdächtiges hat sie zu diesem Zeitpunkt nicht gesagt. Ich dachte, sie war einfach wütend wegen dem Hund und wegen Parnells vermeintlicher Zuneigung zu ihrer Schwester«, sagte sie sanft. »Deshalb war ich ja so schockiert, dass man sie mit Parnell im selben Raum gefunden hat. Ich dachte nicht, dass Dovey zu so was fähig ist.«

An dieser Stelle zweifelte ich nicht mehr daran, dass Paris Caraway mich mit Freundlichkeit umbringen würde.

»Danke, Miss Caraway«, sagte Mr. Jarrell ebenfalls mit sanfter Stimme. »Ich habe keine weiteren Fragen.«

Ich sah zu Mr. Harding, der während Paris' Zeugenaussage Sätze in langen Ketten auf seinen gelben Block geschrieben hatte. Er musste doch hier etwas tun, etwas, das Paris' Geschichte aufbrechen würde wie ein Messer eine Walnuss. Ich wartete darauf, dass er endlich als mein Retter auftreten würde.

Aber Mr. Harding kritzelte weiter.

»Mr. Harding«, sagte endlich der Richter. »Haben Sie irgendwelche Fragen an die Zeugin?«

Aus seinen Gedanken gerissen, sah Mr. Harding auf. »Äh, nein, Euer Ehren. Sie kann sich setzen.« Dann vertiefte er sich wieder in seine Notizen. Hinter mir hörte ich Stimmengemurmel. Ich wagte keinen Blick zu Mama und Daddy aus Angst vor dem Ausdruck, der wahrscheinlich in ihren Gesichtern stand. Wenn ich sehen müsste, wie in Mamas Augen die Hoffnung schwand, würde ich mich höchstwahrscheinlich auf den Boden legen und weinen wie ein Baby.

Mr. Jarrell rief vor der Mittagspause noch einen Zeugen auf, und das war Sheriff Douglas. Ich machte mir so viele Sorgen, dass ich kaum darauf achtete, was der Sheriff über die wichtigsten Beweisstücke zu sagen hatte, die Mr. Jarrell vorlegte – den Metallkanister, den man neben Parnells Leiche gefunden hatte, und mein Messer, an dem Parnells Blut klebte. Mr. Harding lauschte konzentriert auf jedes Wort des Sheriffs und notierte ab und zu etwas.

Nachdem Mr. Jarrell die Befragung des Sheriffs abgeschlossen hatte, sagte der Richter, wir könnten jetzt Mittagspause machen, sollten aber pünktlich in einer Stunde wieder erscheinen, damit Mr. Harding den

Zeugen ins Kreuzverhör nehmen könne. »Falls er daran interessiert ist«, ergänzte Richter Young sarkastisch.

Kaum hatte der Richter uns entlassen, verschwand Mr. Harding wie der Blitz – ohne die kleinste Andeutung, wohin. Mama tippte mir auf die Schulter und sagte: »Komm, Dovey, wir machen erst mal Picknick. Das wird uns nach diesem langen Vormittag gut tun.«

Ich stand auf, streckte die Arme und versuchte, meine Sorgen und Ängste abzuschütteln. Von der anderen Seite des Gerichtssaals hörte ich leises Schluchzen und drehte mich um wie alle anderen, um zu sehen, woher es kam. Am Ende der Reihe, gegenüber den Plätzen, die man meiner Familie zugewiesen hatte, saß Paris Caraway in ihrem schönen weißen Kleid und hatte das Gesicht in den Händen vergraben. Ihre Mama tätschelte ihr die Schultern. Noch nie hatte ich Paris weinen gesehen, es war ein ungewohnter Anblick für mich.

Noch befremdlicher war, dass ich ihre Tränen für echt hielt.

Als ich Paris weinen hörte, stellte ich mir vor, wie mir zumute wäre, wenn Amos etwas so Schreckliches zugestoßen wäre. Ich ließ diese Vorstellung tief in mich einsinken, und als Mama mich an der Hand aus dem Gerichtssaal führte, liefen mir selber die Tränen über die Wangen.

Zum ersten Mal, seit es passiert war, fühlte ich mich schrecklich. Endlich wurde mir schlagartig klar, dass Parnell Caraway wirklich tot war.

16

Mama führte mich zu den Bäumen vor dem Gerichtsgebäude, unter denen Caroline einen Imbiss aus Schinkenbrötchen und süßem Tee ausgepackt hatte. Ich setzte mich neben Daddy ins Gras, lehnte den Kopf zurück und schaute zwischen den Ästen des Baumes hindurch. Das tiefe Blau des Himmels muss ich mir gut merken, dachte ich, die knorrigen Arme des Baumes. Möglich, dass ich nach dem Ende der Verhandlung für eine Weile nicht mehr viel Gelegenheit habe, so was zu sehen.

Als ich mich wieder vorbeugte, strömten die Leute an uns vorbei, krampfhaft bemüht, nicht in unsere Richtung zu sehen. Bis auf ein, zwei Ausnahmen. Zum Beispiel, als Curtis Shrew und Lonnie Matthews vorbeischlenderten, blieben sie stehen und amüsierten sich erst mal eine Weile auf meine Kosten.

»Hallo, Dovey«, rief Curtis. »Freust du dich schon aufs Leben im Flachland? Wenn das hier vorbei ist, schicken sie dich nach Charlotte in dieses Mädchenheim, das ist mal sicher.« Lonnie fiel in sein dröhnendes Lachen ein.

»Geht weiter, Jungs, ja?«, sagte Daddy und machte eine Bewegung, als wolle er aufstehen und den Jungen auf die Sprünge helfen, falls sie nicht von sich aus gingen.

»Bis in zwanzig Jahren, Dovey!«, rief Lonnie. Dann ging er mit Curtis über die Straße zu Caraways Haus.

»Hör nicht auf die Jungs«, sagte Daddy und legte mir den Arm um die Schultern. »Es wird sich alles klären. Dieser Richter schickt dich nirgendwohin.«

»Es sieht nicht gut aus, Daddy«, sagte ich. »Was soll Richter Young denken? Da war nur Parnell, ich und mein Messer. Außer mir gibt es keinen, dem man Parnells Tod in die Schuhe schieben könnte.«

Daddy fuhr sich mit den Händen über die Augen. Plötzlich sah er alt aus und sehr müde. »Wir wollen jetzt nicht darüber reden, Tochter«, sagte er. »Wir wollen nur zusammensitzen und essen, was deine Mama eingepackt hat.«

Caroline gab mir ein Schinkenbrötchen. »Dovey«, sagte sie, als ich abbiss, »ich weiß, dass alles meine Schuld ist, und ich möchte, dass du das weißt. Ich hätte nie was mit Parnell anfangen sollen. Und ich hätte ihm von Anfang an sagen müssen, dass ich auf jeden Fall zur Schule gehen werde. Dass ich nicht an einer Heirat interessiert bin. Als er mir den Antrag machte, habe ich ihn blamiert, und dann ist er losgegangen und hat seine Wut an dir ausgelassen.«

»Niemand ist dran schuld, Caroline«, sagte ich nach einer kurzen Pause. »Du hast nicht wissen können, dass Parnell so rachsüchtig sein würde. Die meisten Männer hätten die Sache auf sich beruhen lassen.«

Caroline fing leise an zu weinen, so, wie sie es schon als kleines Mädchen gemacht hatte, ohne das kleinste Schniefen und Schnäuzen. Sie tat mir Leid und doch musste ich ihr auch Recht geben: Hätte sie Parnell geradeheraus gesagt, dass sie zum College gehen und ihn auf keinen Fall heiraten würde, würden wir noch immer unser gewohntes Leben leben. Aber wie hätte sie wissen sollen, dass ihr dummes Spielchen damit enden würde, dass ein Mensch tot auf einem Zementboden lag?

Als wir mit Essen fertig waren, band Amos Huck los und ging mit ihm zum Bach hinunter, der auf der anderen Seite der King Street vorbeifloss. Ich wollte hinter ihm hergehen. Ich wollte ihm einschärfen, im Gerichtssaal nichts zu tun, was uns beiden Leid tun würde. Aber als ich aufstand, nahm mich Daddy an der Hand und sagte: »Bleib lieber hier, Dovey. Sonst denkt vielleicht einer, du willst dich aus dem Staub machen. Wir wollen kein Aufsehen erregen!«

Ich setzte mich wieder, der Knoten in meinem Bauch zog sich fester zusammen. Ich musste unbedingt mit Amos reden, aber es sah so aus, als würde ich keine Gelegenheit dazu finden. Ich schaute zu, wie Mama und Caroline übertrieben geschäftig mit den Servietten herumraschelten und mit dem Einwickelpapier, in dem die Brötchen gewesen waren, und dann sah ich an ihnen vorbei zu den Bergen, die wie weise alte Männer und Frauen kreisförmig unsere Stadt umgaben. Ich erkannte Katie's Knob, einen der höchsten und stolzesten unter ihnen, und schon jetzt vermisste ich es, hinter Amos den Bergpfad hinaufzurennen und nach den vielen interessanten Dingen zu suchen, die der Berg zu bieten hatte.

Wilson Brown kam plötzlich heran und setzte sich neben mich. »Diese Paris, die denkt sich doch nur gern Geschichten aus, wie?«, sagte er.

Ich nickte nur und da schwieg Wilson. Er konnte so gut wie Amos meine trübe Stimmung zerstreuen und das machte ihn zu einem wichtigen Freund. Ob mir die Leute in Charlotte erlauben würden, Briefe an ihn zu schreiben?

Daddy summte ein altes Lied, ich glaube, es war »Sweet Molly Malone«, und man hätte denken können, es würde mich noch trauriger stimmen, aber seltsamerweise ging es mir danach besser.

Ich lehnte mich wieder zurück und diesmal schloss ich die Augen. Wie würde diese Verhandlung weitergehen? Ich musste möglichst schnell etwas tun, besonders, weil ich Amos im Verdacht hatte, dass er irgendetwas ausheckte. Wenn ich mir die ganze Sache überlegte, fand ich, dass Mrs. Caraways Aussage uns geholfen und Paris' Aussage unsere Chancen verschlechtert hatte. Aber wie war das mit der Aussage von Sheriff Douglas? Hatte er irgendwas gesagt, das sich zu meinen Gunsten verwenden ließ?

Ich wünschte, ich hätte besser aufgepasst, als Sheriff Douglas vernommen worden war, aber ich hatte mir zu viele Gedanken gemacht über das, was Paris zuvor gesagt hatte. Ich gab mir die größte Mühe, mich zu erinnern. Mr. Jarrell hatte den Sheriff aufgefordert, den Schauplatz des Verbrechens zu beschreiben. Wie er Parnells Leiche gefunden hatte und die von Tom. Dann die Sache mit dem Schnitt in Parnells Arm und dass die Wunde geblutet hatte.

»Hat der Blutverlust, der durch den Messerstich entstand, Mr. Caraway getötet?«, hatte Mr. Jarrell den Sheriff gefragt, und während alle auf die Antwort warteten, war es im Saal mucksmäuschenstill geworden.

»Nein, es war nicht der Stich, der ihn umgebracht hat«, hatte der Sheriff erwidert, und man konnte alle ausatmen hören. »Es war der Schlag auf den Kopf durch diesen Wasserkanister.«

Der Kanister war auf einem Tisch neben dem Zeugenstand, zusammen mit dem Messer und dem Hemd, das Parnell getragen hatte. Auf dem Ärmel war ein kleiner Blutfleck, dort, wo ich getroffen hatte. Mr. Jarrell hatte auf den Metallkanister gezeigt und gefragt: »Ist das hier die Mordwaffe?«, und der Sheriff hatte genickt. »Ja, Sir. Wie gesagt, die Ärzte haben festgestellt, dass Parnell an dem Schlag auf den Kopf gestorben ist. Der Schnitt war nicht sehr tief, um ehrlich zu sein.«

Das schien mir ein Pluspunkt für uns. Es war viel zu viel darüber geredet worden, dass ich einen Mann niedergestochen hatte. Als ich aber mit meinem Messer auf Parnell losgegangen war, hatte ich das Gefühl gehabt, ich hätte kaum seine Haut geritzt. Hauptsächlich hatte die Klinge das Hemd aufgeschlitzt.

Noch einmal stellte ich mir diesen Wasserkanister genau vor. Er war ungefähr einen knappen Meter hoch, mit einem runden Verschluss, der aussah wie ein kleines Lenkrad, und einer Öffnung, an der man den Schlauch zur Wasserentnahme befestigen konnte. Wer hätte je gedacht, dass man ein solches Ding benutzen könnte, um einen Menschen umzubringen? Komischer Gedanke, etwas so Angenehmes wie Eis oder Kirsch-Zitronensaft mit Sahne könnte mit einer so furchtbaren Tat zusammenhängen.

Das Letzte, woran ich mich an diesem Abend in Caraways Hinterzimmer erinnerte, war, dass ich auf Parnell eingestochen und seinen Ärmel zerrissen hatte, dass er dann auf mich losgegangen und ich rücklings gestürzt war. Was Mr. Jarrell beweisen musste, war, dass ich mich danach aufgerappelt, einen der Wasserkanister gepackt, ihn hochgeschwungen und Parnell auf den Kopf geschlagen hätte.

Wie konnte er so etwas beweisen? Und dann kam mir ein schlimmer Gedanke: *Musste* Mr. Jarrell das überhaupt beweisen? Oder reichte zu meiner Verurteilung die Tatsache, dass ich mit Parnells Leiche in diesem Zimmer allein gewesen war? So einfach konnte es doch nicht sein, oder?

Vielleicht schon. Aber dann fiel mir schlagartig etwas ein und ein Lachen brach aus mir heraus. »Ich weiß!«, schrie ich und Wilson und die andern zuckten zusammen. »Ich hab die Lösung!«

»Was ist los, Dovey?«, rief Mama und kam zu mir. »Ist alles in Ordnung? Was weißt du?«

Ich stand auf. »Ich hab jetzt keine Zeit zum Erklären. Aber in ein paar Minuten werdet ihr sehen, was ich meine.« Damit rannte ich zum Gerichtsgebäude, um irgendwie Mr. Harding zu erwischen. Ich glaubte, einen Tipp für ihn zu haben, der ihm für unseren Fall hilfreich sein konnte.

Die Eingangshalle des Gerichtsgebäudes war dunkel und kühl. Ich hastete den langen Flur hinunter, vorbei am Gerichtssaal, in dem über mein weiteres Leben entschieden wurde, vorbei an den Amtsräumen des Richters und dem Büro des Staaatsanwalts. Ich wusste nicht genau, wohin ich eigentlich lief, war aber überzeugt, dass ich Mr. Harding hier irgendwo finden würde, denn nach meinem Gefühl war das Gerichtsgebäude der natürliche Lebensraum eines Anwalts, auch in der Mittagspause.

Alle Türen waren geschlossen, hinter keiner war Licht zu sehen, am Ende des Flurs lief ich eine Treppe hinunter, Nervosität saß in meinem Bauch und das Blut raste wie ein Zug durch meine Adern. Der Kellerflur roch nach Schimmel und Zigarrenrauch. Als sich meine Augen an das trübe Licht gewöhnt hatten, sah ich, woher der Rauch kam. Er quoll aus dem Büro von Sheriff Douglas, dessen Tür offen stand. Vom Flur aus entdeckte ich Mr. Harding, der auf der Kante des Schreibtischs saß, eine dicke Zigarre in der Hand. Als er mich sah, drückte er sie aus. »Miss Dovey, ich habe gute Nachrichten für Sie«, sagte er und kam auf den Flur heraus. »Ich habe gerade ein sehr aufschlussreiches Gespräch mit dem Sheriff geführt.«

Ich lächelte. »Wetten, dass Ihre Nachricht nicht so gut ist wie meine?«, sagte ich. »Damit werden Sie die Verhandlung sprengen!«

Mr. Harding sah mich einen Augenblick an, dann zog sich ein breites Grinsen über sein Gesicht. »Hat Ihre große Neuigkeit etwas mit einem bestimmten Beweisstück zu tun?«

Ich nickte. »Genau!« Ich konnte mich kaum beherrschen, ich hatte das Gefühl, gleich würde ich vor Aufregung einen Luftsprung machen.

»Sie wissen doch, Miss Dovey, dass es heißt, große Geister denken ähnlich«, sagte Mr. Harding und bat mich in das Büro des Sheriffs. »Kommen Sie rein und erzählen Sie dem Sheriff, was Ihnen eingefallen ist.«

Ich ging ins Büro. »Gern, Mr. Harding«, sagte ich und verzieh ihm alle früheren Fehler samt dem armseligen Auftritt. »Mit größter Begeisterung.«

17

Ich saß schon auf meinem Platz, als meine Eltern mit Caroline und Amos nach der Mittagspause wieder in den Gerichtssaal kamen. Mama und Daddy sahen irritiert aus, Caroline schien ratlos und Amos hatte einen nervösen Ausdruck im Gesicht. Ich lächelte ihnen zu, als sie ihre Plätze hinter mir einnahmen, dann drehte ich mich direkt zu Amos um. »Sag kein Wort«, flüsterte ich mit deutlichen Lippenbewegungen. »Es wird alles gut werden.« Damit drehte ich mich wieder um und wartete darauf, dass Mr. Harding seine Pflicht tat.

Nachdem Richter Young die Verhandlung wieder eröffnet hatte, mussten Mr. Harding und ich lange warten, um an den Punkt zu kommen, zu dem wir wollten. Vorerst lehnte es Mr. Harding ab, Sheriff Douglas Fragen zu stellen, was Richter Young offenbar leicht erboste. Ich befürchtete sogar schon, der Richter könnte Mr. Harding an die Luft setzen, weil dieser seiner Pflicht nicht nachkam, und mir einen neuen Anwalt zuweisen. Aber so weit ging der Richter zum Glück nicht. Er begnügte sich damit, Mr. Harding ab und zu einen bösen Blick zuzuschießen, was Mr. Hardings Gesicht jedes Mal erröten ließ. Doch schien mein Verteidiger fest entschlossen, die Sache durchzustehen, bis wir an der Reihe waren.

Zu meiner Überraschung hatte Mr. Jarrell nach Sheriff Douglas nicht mehr viele Zeugen. Er rief noch Curtis Shrew auf, der aussagte, ich hätte mal den Satz losgelassen, bevor ich Parnell anschauen würde, würde ich eher auf ihn schießen. Das veranlasste Mr. Harding zu einem Blick mit hochgezogener Augenbraue, aber ich zuckte nur die Schultern und sagte: »Sie wissen doch, dass mir manchmal so was rausrutscht.«

Sehr erfreut sah Mr. Harding nicht aus.

Endlich war er an der Reihe, den Fall von meiner Seite aus zu vertreten. Der Erste, den er in den Zeugenstand rief, war Sheriff Douglas und sofort erhob sich halblautes Flüstern und Murmeln im Saal. Man hörte es am Klang der Stimmen, dass die Leute fanden, Mr. Harding habe seine Gelegenheit mit Sheriff Douglas gehabt und sie ungenutzt verstreichen lassen. Aber Mr. Harding achtete nicht auf das Gemurmel. Die Leute würden noch früh genug verstehen.

»Sheriff Douglas«, fing er an. »Bitte richten Sie Ihre Aufmerksamkeit auf Beweisstück A und sagen Sie mir, was das ist.«

Sheriff Douglas sah zu dem Kanister hin. »Nun, Sir, das ist die Mordwaffe.«

»Könnten Sie sie bitte beschreiben?«, bat Mr. Harding.

»Das ist ein Wasserkanister aus Metall. Man befestigt einen kleinen Schlauch daran und das Wasser kommt raus.«

»Ich verstehe«, sagte Mr. Harding, als wäre ihm das alles neu. »Nun, Sheriff Douglas, beschreiben Sie bitte den Zustand, in dem Sie diesen Kanister vorfanden, nachdem Sie ihn am Schauplatz des Verbrechens entdeckt hatten.«

»Er hatte eine kleine Delle von dem Schlag, den das Opfer auf den Kopf bekam. Und sehen Sie hier oben das runde Teil?« Er zeigte auf den Verschluss, an dem man drehen und von außen einen Zapfhahn einsetzen konnte. »Daran war Blut.«

Darüber schien Mr. Harding eine Weile nachzudenken.

»War es Parnells Blut?«, fragte er schließlich.

»Höchstwahrscheinlich nicht, Sir«, antwortete der Sheriff. »Parnell hat am Kopf nicht geblutet. Er ist an den inneren Kopfverletzungen gestorben, die dieser

Schlag verursacht hat, nicht an den äußeren.« Er zog die Schultern hoch. »Ich denke, das Blut stammt von demjenigen, der Parnell umgebracht hat.«

»Sie hatten Gelegenheit, Miss Coe am Tatort genau zu betrachten, Sheriff?«

»Ja, Sir. Ich habe sie auf Blutergüsse und so untersucht, auf irgendwelche Spuren, die auf einen Kampf mit Mr. Caraway hingedeutet hätten.«

»Und? Hatte sie Blut an den Händen? War sie an einer Hand irgendwie verletzt?«

Sheriff Douglas' Antwort kam sofort. »Nein, Sir, ich habe keine Verletzungen bei ihr festgestellt, bis auf die eine an ihrem Hinterkopf.«

»Kann das Blut an ihrem Kopf vom Kanister gekommen sein, Sheriff?«

»Nein, dann müsste sie den Kanister mit dem Kopf nach Parnell geworfen haben.«

Ein paar Leute lachten. Ich drehte mich nach Mama und Daddy um, deren Lippen zu einem kleinen Lächeln gekräuselt waren.

»Danke, Sheriff, Sie waren sehr hilfreich. Sie können sich setzen.«

Viele fingen laut zu reden an, als der Sheriff wieder auf seinen Platz ging. Richter Young klopfte mit seinem Hammer auf den Tisch und rief: »Ruhe bitte!« Da wurde es rasch wieder still im Saal.

Mr. Harding wandte sich an mich. »Ich rufe Miss Dovey Coe als meine nächste Zeugin.«

Wieder entstand Gemurmel, doch Richter Young brachte die Leute mit einem drohenden Blick zum Schweigen.

»Miss Coe«, sagte Mr. Harding mit sanfter Stimme, als ich im Zeugenstand Platz genommen hatte. »Schildern Sie bitte, was am Abend des einundzwanzigsten August im Hinterzimmer von Caraways Lebensmittelladen geschah.«

Ich holte tief Luft. Jetzt sollte ein für allemal jeder erfahren, was genau passiert war. »Also, Parnell hat mich reingelassen und gesagt, er will Tom holen – Tom war Amos' Hund –, aber als ich in das Hinterzimmer kam, hab ich gesehen, dass Tom angebunden war. Parnell hat gesagt, er will mir einen Denkzettel verpassen, und dann hat er auf einmal einen Ziegelstein in der Hand gehabt und damit auf Toms Kopf gezielt.«

»Was ist dann passiert, Miss Coe?« Mr. Hardings Stimme klang besorgt und verständnisvoll, als rede er mit mir über etwas Furchtbares, Schmerzliches, das mir zugestoßen war.

Ich denke, so war es ja auch – auch wenn ich noch am Leben war und die Geschichte erzählen konnte.

»Parnell wollte Tom den Ziegelstein auf den Kopf werfen, deshalb bin ich mit meinem Messer auf ihn los. Da hat er sich auf mich gestürzt, ich hab durch das Hemd in seinen Arm gestochen und es hat ein bisschen geblutet. Dann hat Parnell mich ins Gesicht geschlagen«, sagte ich und erinnerte mich an die Angst vor Parnells erhobenen Fäusten. »Ich muss hart auf dem Boden aufgeschlagen sein, denn ich hab die Besinnung verloren. Als ich zu mir kam, ist Parnell dagelegen und war tot.«

»Sie sagen also, dass Sie ihn nicht umgebracht haben?«

»Ja, Sir«, erwiderte ich und legte die größtmögliche Aufrichtigkeit in meine Stimme. »Ich habe Parnell Caraway nicht umgebracht.«

Mr. Harding wandte sich an Richter Young. »Euer Ehren, wenn ich mir die Freiheit erlauben darf, Miss Coe zu bitten, aus dem Zeugenstand zu treten, um das Beweisstück in Augenschein zu nehmen, werden wir vermutlich bald in der Lage sein, einige Dinge zu klären.«

»Bitte, Mr. Harding«, sagte Richter Young. »Wenn es nicht den ganzen Tag dauert.«

»Ich verspreche es, Euer Ehren. Miss Coe, würden Sie sich bitte neben Beweisstück A stellen.«

Ich ging zu dem Tisch, auf dem der Kanister stand.

Alle Augen waren auf mich gerichtet, und ich tat mein Bestes, nicht zu zittern vor blanker Nervosität.

Mühsam den Kanister in der Hand haltend, hob Mr. Harding ihn vom Tisch und stellte ihn auf den Boden. »Miss Coe, tun Sie mir bitte den Gefallen und heben Sie diesen Kanister hoch.«

»Natürlich. Gern«, sagte ich und freute mich, dass ich diesen Leuten hier endlich mal einige Dinge klar machen konnte. Kaum beugte ich mich vor und legte die Arme um den Kanister, begriffen die Zuschauer mit einem Schlag, was Mr. Harding und ich im Sinn hatten. Das Ding wog gut zwölf Kilo.

Dieser Wasserkanister war zu schwer, als dass jemand wie ich ihn bis über den Kopf hätte heben können.

Fast wäre der Raum explodiert von den vielen an den Wänden abprallenden Stimmen, als die Leute nun gesehen hatten, dass ich nicht kräftig genug war, um diesen Kanister bis über meinen Kopf zu heben, geschweige denn, jemanden damit zu erschlagen. Richter Young klopfte mit seinem Hammer auf die Tischplatte, als wolle er seinen Schreibtisch spalten, aber niemand achtete auf ihn. Ich blinzelte zu Mama und Daddy hin und sah, dass ihnen Tränen aus den Augen liefen. Dann schaute ich zu Amos, der mir zulächelte und dann einen Luftstrom zur Decke blies, als hätte er während der ganzen Verhandlung den Atem angehalten.

Mr. Harding führte mich wieder zum Zeugenstand. Die Leute beruhigten sich.

»Ich glaube, man kann mit Sicherheit sagen, Miss Coe, dass Sie nicht kräftig genug sind, um den Kanister, der Parnell Caraway getötet hat, hochzuheben. Ist das korrekt?«

»Darauf geh ich jede Wette ein, Mr. Harding«, sagte ich.

»Euer Ehren«, sagte Mr. Harding und wandte sich mit einer leichten Verbeugung an Richter Young, »damit schließe ich meine Beweisführung.«

18

Der Winter kam früh in diesem Jahr und brachte in der ersten Novemberwoche den ersten Schnee. Jetzt sind die Bäume auf Katie's Knob weiß bestäubt, und das sieht aus, als tanzten Geister zwischen ihren Ästen. Steigt man hoch genug auf den Berg, kann man über die Stadt blicken, dann sieht man Rauch von Holzfeuern, der sich aus Kaminen kräuselt – ein Zeichen, dass es die Menschen in ihren Häusern warm haben.

Meistens, wenn ich aus der Schule nach Hause komme, schnappe ich mir ein paar Säcke aus der Scheune und gehe mit Amos auf den Berg, um Mistelzweige zu holen. Die verkaufen wir an Leute aus dem Flachland. Am Samstag kommt immer ein Mann, der bringt sie nach Winston-Salem und nach Raleigh, Orte, die so groß geworden sind, dass es dort nicht mehr viel wilde Natur gibt. Huck begleitet uns auf diesen Gängen, dann schnüffelt er unter abgeschlagenen Stämmen nach Tieren, die sich für den

Winter nicht allzu tief eingegraben haben. Ab und zu ertappe ich ihn, wie er sich suchend umschaut, und ich stelle mir vor, dass er sich dann an Tom erinnert.

Tom liegt in der Scheune, dort haben wir ihn begraben, als der Sheriff einen Tag nach Parnells Tod seine Leiche auf den Hof brachte. Von Zeit zu Zeit sitzt Amos an Toms Grab und macht seine Handzeichen, mit denen er Tom dirigiert hat. Wenn er sich so mit Tom unterhält, erzählen sie sich wahrscheinlich Geschichten von den alten Zeiten auf Katie's Knob.

Einmal schickte Mama mich in die Scheune, ich sollte Amos, der wieder einmal an Toms Grab hockte, eine Decke umlegen, da sah ich Parnells Geist. Das ist nur dieses eine Mal vorgekommen, aber ich glaube, das Bild behalte ich mein Leben lang. Ich wühlte gerade in dem Stapel Pferdedecken, die Daddy in der Ecke aufbewahrte, und suchte nach einer, die nicht allzu schmutzig war, da spürte ich auf einmal, dass etwas neben mir war. Ich drehte mich um und sah Parnell.

Er sah aus wie immer, nur dass ich durch ihn hindurchschauen konnte bis zur anderen Seite der Scheune, wo Daddy sein Werkzeug hat. In diesem Augenblick erschrak ich nicht einmal, obwohl ich später bei dem Gedanken an die Erscheinung zitterte. »Was machst du da, Parnell?«, fragte ich ihn.

Er sah mich traurig an. »Caroline«, sagte er nur. Dann verschwand er.

Nie habe ich ein Wort davon gesagt, dass ich Parnells Geist gesehen hatte, aber ab und zu muss ich daran denken. Dann erinnere ich mich an die Verhandlung und wie es war, als ich damals im Gerichtssaal plötzlich erkannt hatte, dass Parnells Totsein etwas Schreckliches ist. Ich finde es noch immer furchtbar traurig, auch wenn ich Parnell nie besonders leiden konnte und, wäre er noch am Leben, ihn wahrscheinlich auch heute nicht besonders leiden könnte. Aber es macht einen Unterschied, dass ich jetzt weiß, seine Mama und seine Schwester haben ihn geliebt. Ich denke, Parnell hatte vielleicht mehr Seiten, als ich kannte.

Nie wurde restlos aufgeklärt, wer Parnell getötet hat. Nachdem Mr. Harding demonstriert hatte, dass ich für einen tödlichen Schlag mit diesem Wasserkanister nicht stark genug war, brauchte der Richter ganze dreißig Minuten, um mich für unschuldig zu erklären. Viele blieben trotzdem bei ihrem Verdacht gegen mich und meinten, möglicherweise sei ich so voller Leidenschaft und Wut gewesen, dass ich genug Kraft in mir gefunden hätte, den Kanister hochzuschwingen und Parnell über den Kopf zu schlagen. Oder sie argwöhnten, mein Messerstich sei doch schlimmer gewesen, als Sheriff Douglas behauptet hatte.

Ein paar Wochen nach meinem Prozess wurde am Ufer des Watauga die Leiche eines Mannes entdeckt. Sheriff Douglas erkannte in ihm den Mann, den er vor einiger Zeit ins Gefängnis gesteckt hatte, weil er sich ohne gültige Papiere in Indian Creek aufgehalten hatte. Er stammte aus dem Bezirk Ashe, aber seine Angehörigen, die seine Leiche zur Beerdigung holten, erklärten, er sei schon seit Jahren durchs Land gezogen, sei in alle möglichen Schwierigkeiten mit dem Gesetz geraten und nur ab und zu mal zu Hause aufgetaucht.

Bei der Identifikation des Mannes entdeckte Sheriff Douglas einen langen Schnitt an der rechten Hand. Das war für Richter Young Grund genug zu entscheiden, dass dieser Mann höchstwahrscheinlich der Täter gewesen sei, der Mann, der Parnell umgebracht habe. Dann schloss Richter Young die Akten zu diesem Fall und meinte, es sei nun an der Zeit, dass die Leute die Vergangenheit ruhen ließen und zur Normalität zurückkehrten.

Ich wartete darauf, dass alles so werden würde wie früher, aber langsam kam ich zu der Überzeugung, dass zu viel Unordung in die selbstverständlichen Dinge unseres Lebens geraten war. Oberflächlich betrachtet hätte man nicht gemerkt, dass etwas anders geworden war. Noch immer sang Daddy seine traurigen Lieder zur Gitarre und Mama schrieb noch immer unsere Familiengeschichten in ihr Buch. Caroline ging weiter zum College und prahlte in ihren Briefen, wie gut sie vorankam. Ich lief noch immer mit Amos durch die Wälder auf Katie's Knob, wir suchten Wurzeln und was uns sonst noch interessant schien, aber alles hatte einen anderen Geschmack bekommen. Es war, als hätte uns die Sache mit Parnell so tief berührt, dass wir sie nie würden abschütteln können.

Von Anfang an hatte ich einen Verdacht gehabt, wer Parnell umgebracht hatte.

Es schien mir sehr merkwürdig, dass Huck im Laden war, als ich nach Parnells Hieb wieder zu mir gekommen war. Ich wusste, dass er draußen auf mich gewartet hatte, aber falls ein Fremder vorbeigekommen wäre, hätte der gute Huck das Weite gesucht. Er konnte mit Fremden nie viel anfangen, das habe ich, glaube ich, schon erzählt. Die einzige Möglichkeit, wie Huck in den Laden gekommen sein konnte, war die, dass eine ihm bekannte Person die Tür geöffnet hatte.

Ich stellte es mir so vor: Nach dem Abendessen bei MeMaw war Amos auf die Veranda gegangen und wollte zusammen mit Tom und Huck darauf warten, dass ich von zu Hause zurückkam. Aber Tom und Huck waren ja nicht da gewesen, und so hatte Amos sich gedacht, dass die beiden wohl ein bisschen in der Stadt rumstromerten. Als er dann Huck vor Caraways Laden fand, beschloss er, drinnen nachzusehen, ob Tom vielleicht hineingelaufen war. Vielleicht hatte Huck ihm das sogar irgendwie mitgeteilt.

Amos ging also in den Laden, Huck dicht hinter ihm, und machte sich auf die Suche nach Tom. Im vorderen Teil fand er ihn nicht, deshalb ging er in den hinteren Raum, vielleicht mit dem Gedanken, Tom könnte dort zwischen den Lebensmitteln wühlen. In diesem Augenblick sah er Parnell über mir stehen und mich bewusstlos – vielleicht sogar tot – auf dem Boden liegen. Ohne ein Geräusch zu machen, sah Amos sich nach etwas Geeignetem um und sein Blick fiel auf die metallenen Wasserkanister an der Wand neben der Tür. Er nahm einen – Amos ist stark genug, um solche Sachen zu heben – und schlug Parnell damit auf den Kopf.

Wahrscheinlich bekam Amos, als er erkannte, dass er Parnell getötet hatte, einen panischen Schrecken und rannte auf der Stelle davon. Ich glaube nicht, dass er daran gedacht hatte, dass man mich beschuldigen würde. Er lief also zu MeMaw und verband sich die

Hand, die er sich beim Hochheben des Kanisters verletzt hatte.

Gleich nach dem Prozess war ich in Amos' Zimmer gegangen, weil ich mit ihm reden musste. Er saß mit Huck auf dem Bett und schaute aus dem Fenster. Sobald er mich ansah, spürte ich, dass er wusste, dass ich mir alles zusammengereimt hatte.

Ich machte die Tür hinter mir zu und setzte mich neben Amos aufs Bett. »Ich erzähl es keinem Menschen, Amos«, sagte ich. »Und du darfst es auch keinem sagen. Wenn sie rausfinden, dass du es warst, behaupten sie, du bist verrückt, und stecken dich in eine Irrenanstalt. Dann kommst du nie mehr raus. Du würdest keinen von uns je wiedersehen und du könntest dein Leben lang nie mehr auf Katie's Knob umherstreifen. Verstehst du, was ich sage?«

Amos nickte, Tränen liefen ihm aus den Augen.

»Du hast nie jemanden umbringen wollen, daran musst du immer denken. Es war ein Unfall. Versprich mir, dass du niemandem etwas davon sagst. Versprichst du es, Amos?«

Er nickte noch einmal, dann vergrub er das Gesicht in Hucks Fell. Ich streichelte ihm eine Weile über den Rücken, dann ging ich wieder in mein Zimmer, wo ich für den Rest des Nachmittags still auf dem Bett liegen blieb. Am Abend nach dem Essen nahm ich mein Buch und wollte lesen, da fiel ein Zettel heraus.

Ich dachte, er wollte dich umbringen, Dovey.
Ich konnte nichts anderes tun.

Ich brachte den Zettel in die Scheune, schaufelte Erde von Toms Grab und vergrub Amos' Zettel so tief, dass niemand ihn je finden würde. Was diesen anderen Zettel angeht, den, den Amos während der Verhandlung in der Tasche hatte, so vermute ich, dass ein Geständnis darauf stand, obwohl ich es nie erfahren habe. Amos ist keiner, der zusehen würde, wie andere die Schuld auf sich nehmen für etwas, das er selber getan hat – und genau davor hatte ich bei der Verhandlung die größte Angst gehabt.

Nachdem der Zettel, den Amos in mein Buch gesteckt hatte, vergraben war, ging ich wieder ins Haus und wusch mir die Hände. Im Spiegel über dem Ausguss schaute ich mein Gesicht an, und auf einmal dämmerte mir, dass Amos mir wahrscheinlich das Leben gerettet hatte. Wer weiß, was Parnell getan hätte, wenn Amos nicht gekommen wäre. Da hatte ich nun all die Jahre über Amos gewacht, als könnte er nicht selbst auf sich aufpassen, und am Ende war er es, der auf mich aufpasste. Ich schluckte schwer bei diesem

Gedanken. Es war an der Zeit, dass ich mir selbst eingestand: Amos brauchte mich als Beschützerin nicht mehr. Es war an der Zeit, dass mir klar wurde: Ich hatte Amos immer genauso gebraucht wie er mich.

Nur einem einzigen Menschen habe ich jemals erzählt, wie alles gekommen war, obwohl ich den Verdacht hatte, dass Mama Bescheid wusste. Als Sheriff Douglas ausgesagt hatte, dass an dem Wasserkanister Blut gewesen war, hatte ich gesehen, wie Mama lange und nachdenklich auf Amos' Hand geschaut hatte, an der noch immer eine kleine Schramme zu sehen war. Aber sie hat nie ein Wort darüber verloren. Wochen später hörte ich sie zu MeMaw sagen, sie sei froh, dass mit diesem Mann, den sie ertrunken im Fluss gefunden hatten, der Mord an Parnell aufgedeckt sei.

Wenige Tage, nachdem ich freigesprochen worden war, kam Mr. Harding zu uns zum Abendessen. Er behauptete, er brauche noch irgendwelche Papiere, aber ich hatte das Gefühl, dass ihm eher an Mamas Kochkunst gelegen war und er eine Gelegenheit zu einem guten Essen suchte. Als Mama ankündigte, das Essen sei in zwanzig Minuten fertig, fragte ich Mr. Harding, ob er Lust zu einem Gang auf Katie's Knob habe. Er fand die Idee gut.

»Wissen Sie, Miss Dovey, ich will mich schon die

ganze Zeit für meinen kümmerlichen Auftritt zu Beginn der Verhandlung entschuldigen«, sagte er, als wir aus dem Hof gingen. »Ich gestehe, dass ich da nicht sehr überzeugend war.«

»Sie haben den Bogen dann ja bald gefunden«, erklärte ich.

»Im letzten Moment, meinen Sie.« Mr. Harding schlug sich mit der Hand gegen die Stirn. »Vor der Verhandlung habe ich mir stundenlang den Kopf über das Beweismaterial zerbrochen, verstehen Sie. Ich kann mir wirklich nicht denken, warum ich nicht eher darauf gekommen bin, dass der Kanister für Sie zu schwer sein musste.«

Ich zuckte mit den Schultern. »Ich bin ja auch nicht eher darauf gekommen«, sagte ich. »Ich bin kein Anwalt, aber normalerweise habe ich einen gesunden Menschenverstand.«

Mr. Harding nickte. Eine Weile gingen wir schweigend weiter und genossen den frischen, kühlen Wintergeruch des Waldes.

»Nun, Miss Dovey, Sie sind ein freier Mensch«, sagte Mr. Harding schließlich. »Wie fühlt sich das an?«

»Herrlich, Mr. Harding, wirklich ganz herrlich«, antwortete ich. Dann brachte ich das Gespräch auf einen Punkt, nach dem ich schon seit Schluss der Verhandlung hatte fragen wollen. »Sind Sie eigentlich noch immer mein Anwalt?«

Mr. Harding sah mich neugierig an, dann sagte er: »Aber ja, Miss Dovey. Ich habe noch immer Akten über Ihren Fall, die ich beim Bezirksgericht einreichen muss, und bis das erledigt ist, stehe ich ganz zu Ihren Diensten.«

Zum Schutz gegen den kalten Wind, der uns vom Berg entgegenwehte, schlang ich die Arme um meinen Körper. »Ich habe in der Bücherei ein bisschen in juristischen Büchern gelesen, und da steht, dass Sie nichts von dem, was ich Ihnen sage, weitererzählen dürfen. Stimmt das?«

»Ganz richtig, Miss Dovey. Ich muss alles, was Sie mir mitteilen, vertraulich behandeln, dazu verpflichtet mich das Gesetz – um nicht zu sagen, meine Ehre. Gibt es etwas, das Sie mir anvertrauen wollen?«

Da erzählte ich ihm, was ich herausgefunden hatte. Als ich mit der Geschichte zu Ende war, fragte ich: »Ist es möglich, dass jetzt noch jemand auf Amos kommt? Und dass man ihn wegbringen lässt, weil er Parnell umgebracht hat?«

Mr. Harding überlegte einen Augenblick. »Ich denke, falls jemand Amos verdächtigt, hätte er sich längst gemeldet. Zudem hat Richter Young den Fall abgeschlossen, und es ist höchst unwahrscheinlich, dass er ihn neu aufrollen wird. Wir brauchen uns bestimmt keine Sorgen zu machen, Miss Dovey. Ich glaube, Amos hat alle Chancen auf ein freies und erfülltes Leben.«

Da lächelte ich ihm zu. Wir waren nämlich alle ganz begeistert gewesen bei der Nachricht, die Caroline aus dem Lehrercollege mitgebracht hatte. Sie hatte in der Bibliothek ein Buch gefunden, in dem eine spezielle Zeichensprache für Gehörlose beschrieben wurde, und das hatte sie nachdenklich gemacht. Sie erzählte einem von ihren Professoren von Amos, wie pfiffig er war, wie gern er Bücher las und Sachen aufschrieb. Der Professor meinte, wenn Amos älter sei, könne er einmal Lehrer für taube Kinder werden und dabei die Handzeichen aus diesem Buch zu Hilfe nehmen. Caroline hatte Amos das Buch mitgebracht und er hatte es sofort studiert. Die Vorstellung, Lehrer zu sein, gefiel ihm.

Wir hatten die Kuppe von Katie's Knob erreicht und sahen unter uns Indian Creek. Die Straßen schimmerten im letzten Licht des Tages. Ich zeigte Mr. Harding die verschiedenen Gebäude: das Gericht, Pastor Beans Kirche, Caraways Lebensmittelladen – Häuser, die ich schon mein Leben lang kenne.

Auf dem Rückweg sagte ich so beiläufig wie möglich: »Sie werden sich bestimmt mal mit Caroline verabreden wollen?« Ehrlich, es interessierte mich schon lange, warum Mr. Harding sich scheinbar nicht von Carolines Zauber berühren ließ.

Ich war inzwischen an einen Punkt gekommen, an dem ich Caroline keine Vorwürfe mehr machte, und hätte es sogar gut gefunden, wenn Mr. Harding beschließen würde, sich in Caroline zu verlieben. Um ehrlich zu sein, ich hätte ihn gern hier in Indian Creek gehabt.

Mr. Harding sah mich an, als hätte er keine Ahnung, wovon ich sprach, dann lachte er. »Ha, Miss Dovey, wollen Sie Ehestifterin spielen? Ich hätte Ihnen wahrscheinlich sagen müssen, dass ich in Wilkes eine Freundin habe, mit der ich mich gut verstehe. Außerdem ist Caroline nicht halb so faszinierend wie ihre Schwester. Miss Dovey, Sie sind eine starke Persönlichkeit, die nicht zu unterschätzen ist.«

»›Eine starke Persönlichkeit, die nicht zu unterschätzen ist?‹ Liebe Güte, Mr. Harding, Sie reden ja, als wären Sie einer von uns Coes!«, lachte ich.

»Nichts würde mich mehr freuen, als wenn ich einer von euch Coes wäre, Miss Dovey«, sagte Mr. Harding ernst.

Ich nahm seine Hand und grinste ihn an. »Ach, wissen Sie, Mr. Harding, ich finde, Sie sind längst einer.«

Hand in Hand gingen wir zurück zum Haus, wo das Abendessen auf dem Tisch wartete. Wie fühlt es sich an, ein freier Mensch zu sein, fragte ich mich, während wir durch die Tür gingen. Die Antwort war einfach.

Besser als alles, was ich je erlebt hatte.

Karla Schneider
Die Reise in den Norden
Roman
Beltz & Gelberg Taschenbuch (78777), 400 Seiten *ab 14*
Auswahlliste zum Deutschen Jugendliteraturpreis
IBBY-Ehrenliste
Empfehlungsliste zum Evangelischen Buchpreis

Mitte des 18. Jahrhunderts: Mit einem mysteriösen Auftrag des Königs beginnt für den Forschungsreisenden Isak Zettervall die abenteuerliche und gefährliche Reise in den hohen Norden Skandinaviens. Ursprünglich wollte er dort nur die unbekannte Tier- und Pflanzenwelt erforschen. Doch nun soll er mehr über die beiden geheimnisvollen Nomadenvölker herausfinden. Es ist eine brisante Angelegenheit, von der ihm Instinkt und Verstand abraten. Denn schon beginnen sich obskure Gestalten für seine geheime Mission zu interessieren. Zu alledem kann Isak nicht verhindern, dass die 14-jährige eigensinnige Stemma Dannhauer mit ihm in die Wildnis des Nordens reitet. Doch am Ende ist er froh über ihre Begleitung ...

Irma Krauß
Meerhexe
oder Ein Unsichtbarer im Haus
Roman
Beltz & Gelberg Taschenbuch (78904), 200 Seiten *ab 12*

Madeleine fühlt sich zu dick und unattraktiv. Von ihrer schönen Mutter, die den ganzen Tag am Klavier sitzt und übt, hat sie nicht einmal die schlanken Finger. Als in der Schule die Rollen für das Musical verteilt werden und Madeleine die Rolle der hässlichen, alten Meerhexe erhält, ist sie verzweifelt – bis sie begreift, dass die Rolle der Meerhexe ihre große Chance ist.

Nina Petrick
Die Regentrinkerin
Roman
Beltz & Gelberg Taschenbuch (78811), 144 Seiten *ab 14*
Peter-Härtling-Preis der Stadt Weinheim

Anne weiß, dass sich in diesem Sommer alles verändern wird. Ihre Freundin Caro lebt nun in Amerika, und trotz aller Briefe wird es zwischen ihnen nie mehr dasselbe sein. Mit Antonia aber ist es manchmal wie früher. Beinahe hat Anne ein schlechtes Gewissen, wenn sie zusammen durch die Secondhand-Läden Berlins ziehen. Sie reden über Vatermangelgefühle und schwärmen von Filmen wie »Casablanca«. Sie sitzen im Café und beobachten Pärchen, die den Park als Kulisse für ihre Liebe brauchen. Bis ein Paar haselnussbraune Augen in wenigen Minuten Annes ganzes Leben verändern. Er heißt Florian. Aber da ist auch Tim …